FRANCIS

DAVID CHARIANDY

Roman

Aus dem Englischen von Thomas Brovot

claassen

Die Originalausgabe erschien 2017
unter dem Titel *Brother*
bei McClelland and Stewart.

Canada Council for the Arts Conseil des arts du Canada

Die Übersetzung dieses Romans wurde vom
Canada Council for the Arts gefördert.

MIX
Papier
FSC FSC® C014496

claassen ist ein Verlag
der Ullstein Buchverlage GmbH
ISBN: 978-3-546-10016-8

Gesetzt aus ITC Berkeley Oldstyle
Satz: LVD GmbH, Berlin
Druck und Bindearbeiten: GGP Media GmbH, Pößneck

Für Austin

Einmal zeigte er mir seinen Platz im Himmel. Auf einem Strommast an einer verlassenen, von Unkraut überwucherten Parkfläche. Von unten konnte man sehen, wie gefährlich es war, dort hochzuklettern. Die Freileitungen an den Isolatoren, der verkabelte Transformatorpott, Mastschwein genannt, die verrosteten Tritteisen bis tief in diesen Himmel hinein, durch den sich die stromführenden Leitungen schnitten. Weiter oben, warnte er mich, war die Elektrizität zu hören, die Zähne fingen an zu vibrieren, und die Angst im Kopf brachte eine ganze Stadt zum Leuchten. Aber wenn man es bis rauf schaffte, war alles gut. Ringsum nur die Luft und freie Sicht. Die Straßen auf einmal Muster, die man lesen konnte.

Ein toller Aussichtspunkt, sagte mein Bruder. Einer der besten in der Gegend. Aber stolpere nur einmal über eine Leitung, fass an das falsche Metallteil und komm gleichzeitig an ein anderes, und du bist verschmort. Hängst qualmend und steif wie eine Vogelscheuche in der Luft, ein rabenschwarzes Bild vor aller Augen. »Willst du so enden?«, fragte er. Wenn ich da hochklettern wollte, musste ich also aufpassen. Musste meinem älteren Bruder zusehen und seine Bewegungen genau verfolgen. Musste mir jeden Schritt erst in Erinnerung rufen. Musste den ganzen Weg nach oben im Kopf haben.

Das hat mein älterer Bruder mir beigebracht. Erinnerung hat nichts zu tun mit alt und grau und weit entfernt. Erinnerung ist der brennende Muskel im Jetzt. Ein mutig zupackender Junge im surrenden Strom der Macht.

»Und wenn du Erinnerung nicht kannst«, sagte er, »hast du verloren.«

EINS

Sie ist zurückgekommen. Der Bus fährt los, und da steht sie, vor einem schmuddeligen Schneehaufen auf der anderen Seite der Avenue. Kein Nachbarsmädchen mehr, sondern eine junge Frau in hochhackigen Stiefeln und im Mantel, der Gürtel gestrafft gegen die Kälte und die Dunkelheit. Sie hat einen Rucksack, keinen Koffer, und erst so wird sie zu Aisha. Mit ihrer Art, wie sie sich das Ding ungeduldig über die Schulter wirft, bevor sie auf den Asphalt tritt und die salzfleckigen Fahrbahnen zwischen uns überquert.

»Du bist nicht gerade passend angezogen für das Wetter«, sagt sie.

»Schon okay. Musste ja nicht lange warten. Du siehst gut aus, Aisha.«

Sie runzelt die Stirn, lässt sich aber von mir umarmen, erst nach einer Weile lösen wir uns voneinander und laufen in östlicher Richtung los, das Kinn eingezogen vor dem Wind, der zwischen den hohen Wohnblöcken ringsum wie durch einen Tunnel pfeift. Im Licht eines entgegenkommenden Autos leuchtet Aishas Gesicht hell auf. Ja, sie sieht wirklich gut aus. Dieselbe dunkle Haut mit einem Stich ins Rote, dasselbe Haar, das sie früher als »Promenadenmischung« so gehasst hat. Aber das ist zehn Jahre her, seitdem haben wir uns nicht mehr gesehen. In der Stille, die sich schwer zwischen uns legt, fühlt es sich an, als würde noch die kleinste Unehrlichkeit diese erneute Verbindung zunichtemachen. Plötzlich schießt ein Lastwagen an uns vorbei und bespritzt unsere Schuhe und unsere Hosenbeine mit Schneematsch. Aisha flucht, doch als unsere Blicke sich treffen, zeigt sie ein kleines Lächeln.

»Ein echter Willkommensgruß«, sagt sie.

»Du siehst ein bisschen müde aus. Ich habe das Bett schon für dich zurechtgemacht.«

»Danke, Michael. Danke für das Angebot, bei euch zu übernachten. Tut mir leid, dass ich nicht früher angerufen habe. Mir steht der Kopf woanders in diesen Tagen. Und du kennst mich, ich habe noch nie gern um einen Gefallen gebeten.«

Sie war im Ausland gewesen, als sie die Nachricht erhielt, ihr Vater werde nun palliativmedizinisch betreut, und während sie mit mir telefonierte, beschrieb sie, wie in ihrem Kopf auf einmal Panik war, aber auch eine dumpfe Wut. In seinen sporadischen Briefen hatte er davon gesprochen, dass er sich müde fühle, nur den Krebs erwähnte er mit keinem Wort. Sie hatte eine Reihe von Anschlussflügen nach Toronto genommen und dann einen Greyhound zum Pflegeheim in Milton, der Kleinstadt, in die er vor Kurzem gezogen war. Die Woche bis zu seinem Tod war sie bei ihm geblieben, und sie hatten

Zeit zum Reden, aber es war sowieso zu spät. »Was gab es da noch zu sagen?«, fragte sie mit harter Stimme am Telefon, gefolgt von einer Stille in der Leitung, die ich unmöglich ausfüllen konnte. Ihr Anruf kam aus dem Nichts. »Bitte komm«, sagte ich, und selbst als ich es wiederholte, war der Zweifel in meiner Stimme nicht zu überhören. »Komm nach Hause, in den Park.«

Der Park ist alles hier, alles um uns herum. Diese Zusammenballung von niedrigen Häusern und Reihenhäusern und schiefen Wohnsilos aus Beton, die heute Abend im verschwenderischen Licht einer Stadt vor einem mattlila Himmel aufragen. Wir nähern uns dem westlichen Ende der Lawrence Avenue Bridge, einem Ungetüm aus Stahlbeton, fast zweihundert Meter lang. Zig Meter unter der Brücke verläuft das Rouge Valley, schneidet sich einen Weg durch diesen Vorort, ohne etwas auf menschengemachte Raster zu geben. Aber das Tal ist für uns heute Abend nicht zu sehen, und kurz vor der Brücke kommen wir zum Waldorf, einer Reihenhaussiedlung aus bröckeligem rosa Backstein, die nordöstliche Ecke ist seit ewigen Zeiten mit flatternden blauen Planen verhängt. Das Haus, in dem Aisha vor zehn Jahren mit ihrem Vater gewohnt hat, liegt auf der besseren Seite des Blocks, auf der Südseite, dem Verkehr abgewandt. Dagegen geht die Seite, auf der ich mein ganzes Leben verbracht habe, zur stark befahrenen Straße hin, schutzlos dem Lärm der über den Asphalt zischenden Reifen ausgesetzt. Ich warne Aisha vor dem losen Beton an den Stufen, und als ich den Messingschlüssel ins Schloss stecken will, bin ich auf einmal die Unbeholfenheit in Person. Ich stoße die Tür auf, und unsere Blicke fallen in ein Wohnzimmer, das im flackernden Licht eines Fernsehers bläulich schimmert. Der Ton ist aus. Ein Sofa steht mit der Rückseite zu uns, darauf sitzt eine Frau mit ergrautem Haar, sie dreht sich nicht zu uns um.

Ich gebe Aisha zu verstehen, dass wir leise sein sollen, ziehe demonstrativ die Schuhe aus und gehe rasch mit ihr durchs Wohnzimmer. Die Frau auf dem Sofa blickt weiter auf den stummen Fernseher, die Pantomime einer Talkshow, ein prominenter Gast wirft lachend den Kopf zurück. Ich führe Aisha über einen kurzen Flur zum zweiten Schlafzimmer. Eine kleine Lampe wirft ihren Lichtkegel auf einen Schreibtisch, an der Seite ein Etagenbett mit Matratze und Bettzeug nur auf dem unteren Teil. Das obere Bett ist schon lange ausgeräumt, selbst die Matratze wurde entfernt, geblieben ist das Skelett der Holzlatten. Ich schließe die Tür hinter uns, und in dem plötzlich geschrumpften Zimmer setze ich zu einer Erklärung an. Wir schlafen natürlich nicht zusammen hier. Ich nehme das Sofa im Wohnzimmer, das ist recht bequem, doch, wirklich. Ich deute auf das Handtuch und die akkurat gefalteten zusätzlichen Decken auf der Matratze unten. Als ich sehe, wie Aisha vor sich hin starrt, halte ich inne. Sie hat nicht mal ihren Rucksack abgestellt.

»Spricht deine Mutter nicht mehr?«, fragt sie.

»Doch. Sie ist nur manchmal still, vor allem abends.«

»Tut mir leid«, sagt sie und schüttelt den Kopf. »Ich hätte nicht kommen sollen. Platze einfach bei euch rein.«

Schneematsch pladdert gegen das Fenster. Wieder ein Lastwagen, der zu nah am Bordstein entlanggefahren ist.

Aber durch den plötzlichen Lärm erwacht etwas in mir, ein Gefühl der Beschämung vielleicht, weil ich dachte, ich könnte unser Gespräch heute Abend so beenden. Mit belanglosen Worten über Schlafmöglichkeiten und Handtücher. Mit ein paar freundlichen Worten über Aishas Vater, aber keinem einzigen über diesen anderen Verlust, der wie ein Schatten auf dem Zimmer liegt, so tief wie die zehn Jahre des Schweigens zwischen uns.

»Ich denke immer noch an Francis«, sagt sie.

Francis war mein älterer Bruder. Die toughsten Kids konnten sich damit brüsten, seinen Namen zu kennen, und wenn Eltern ihn aussprachen, dann als Warnung. Zuallererst aber war er diese Schulter, nackt und warm, die sich an mich drückte, dieser Körper, der nie weiter entfernt war als meine Haut.

Unsere Mutter stammte aus Trinidad. Oder von den Westindischen Inseln, wie Eltern ihrer Generation sagten. Francis und ich, beide in Kanada geboren und aufgewachsen, hatten Trinidad einmal besucht, daher erkannten wir in manchen Wörtern, Klängen und Speisen ihre Heimat wieder. Eine Heimat, die erklärte, warum es bei uns Getränke wie Mauby und Hibiskuslimonade gab oder das unbegreiflicherweise so genannte Peardrax, von dem Francis mir einmal weisgemacht hatte, es sei ein Kloputzmittel. Irgendwie dachten wir, die Westindischen Inseln wären auch der Grund für andere, nicht weniger seltsame Dinge bei uns zu Hause, die Schneekugel mit den Niagarafällen etwa oder, eine ständig lauernde Bedrohung, die 45er Single mit Anne Murrays *Snowbird*. Trinidad war der

Ort, wo Verwandte wohnten, denen wir nur kurz begegnet waren und die jetzt auf alten Schwarz-Weiß-Fotos fortlebten, geisterhafte Bilder, die unsere Art zu lächeln erklären sollten, unsere Augen, unsere Haare, unser Knochengerüst.

Aber da war noch ein anderes altes Foto, Francis hatte es entdeckt, als wir noch klein waren, diskret aufbewahrt in Mutters Schlafzimmerschrank. Es war das Foto eines Mannes mit einem so gepflegten Schnurrbart, dass er wie aufgemalt aussah. Der Mann trug ein leichtes helles Jackett, der offene Hemdkragen ein Stück nach oben gebogen. Altmodische Wörter wie *mondän* und *nonchalant* kamen mir in den Sinn, zumindest tun sie das heute. Der Mann war unser Vater, er stammte ebenfalls von den Westindischen Inseln und lebte jetzt irgendwo in der Stadt, allerdings hatte er uns schon verlassen, als Francis drei war und ich gerade mal zwei. Das Foto war nicht besonders scharf, und ich weiß noch, wie Francis und ich es uns genau ansahen und in dem verschwommenen Gesicht des Mannes nach etwas Wiedererkennbarem suchten. Seine Haut war viel dunkler als die Haut unserer Mutter, aber man hatte uns gesagt, er sei nicht Schwarz wie sie, sondern etwas, was man »indisch« nannte – nur schien sich diese Herkunft verloren zu haben, in der dürftigen Bildqualität oder in der spachteldicken Schicht Pomade, die so künstlich aussah wie die aufsteckbare schwarze Frisur des Lego-Männchens.

In Wahrheit hatte keiner von uns, weder ich noch Francis, noch unsere Mutter, großes Interesse an der grauen Vergangenheit von Fotos. Im Hier und Jetzt hatten wir mehr als genug zu erkunden, und vor allem war da die ständige Herausforderung, nicht zu verpassen, was unsere Mutter eine »Chance« nannte. Sie arbeitete als Putzfrau in Bürogebäuden, Einkaufszentren und Krankenhäusern. Außerdem war sie eine dieser Schwarzen Mütter, die weder andere um Hilfe bitten noch Hilfe annehmen wollten. Die es nicht zuließen, dass irgendetwas ihrem Wunsch nach Unabhängigkeit oder ihrer Vorstellung, einmal anzukommen, auch nur den kleinsten Schlag versetzte. Sobald sich also an einem fernen Ort der Stadt ein Job auftat, der Chancen für die Zukunft versprach, oder irgendwo ein Überstundenzuschlag winkte, nahm sie die Arbeit an, auch wenn das hieß, ihre beiden kleinen Jungen allein zu Hause zu lassen.

Nicht dass sie das gern getan hätte. Wenn sie abends erfuhr, dass sie noch eine Nachtschicht bekommen konnte, verwandte sie ihre kostbare Schlafenszeit darauf, für uns zu kochen und sich Gedanken über die Mahlzeiten und unsere Aktivitäten am nächsten Tag zu machen. Hatten wir Hausaufgaben auf, legte sie uns die Hefte auf den Esstisch neben die Teller mit rasch Hingezaubertem, Gemüse oder Reis mit Schmorhuhn. Ihre Gerichte hatten etwas Zärtliches, waren voller Liebe, abgerundet mit der fruchtigen Schärfe von Scotch Bonnet. Doch sobald sie in ihren Kittel und ihre Schuhe schlüpfte, war sie erschöpft, mit den Nerven am Ende, fast erdrückt von Schuldgefühlen, was sich dann Bahn brach in Schimpftiraden und den wildesten Drohungen. Ihre Stimme, geschult am britischen Englisch, grub sie aus der tiefsten Hölle der Geschichte.

»Nicht an die Tür gehen oder die Heizung aufdrehen. Nicht den Ofen anmachen oder die Herdplatte, auf keinen Fall. Hast du verstanden, Francis? Wenn ich wiederkomme und einer von euch hat sich verletzt, kriegst du eins auf den Hintern, dass dir Hören und Sehen vergeht. Nach acht Uhr *striktes* Fernsehverbot, falls ich bis dahin nicht zurück bin. Kein *A-Team* und keine Mrs T oder irgendein Gangsterquatsch in meinen vier Wänden. Da lachst du, ja? Findest du das lustig? Meinst du, ein kleiner Dickschädel wie du braucht nicht auf mich zu hören? Na, dreht ihr beide nur am Herdknopf. Macht nur ein einziges Mal die Tür auf. Ich hänge euch an den Daumennägeln an die Decke, ziehe euch bei lebendigem Leib die Haut ab, da könnt ihr schreien. Ihr kriegt solche Dresche, dass eure Kindeskinder noch die Narben tragen!«

Francis und ich nickten und schüttelten unsere Köpfe, alles gleichzeitig, so nachdrücklich versprachen wir es. Und nachdem sich Mutter vor dem Spiegel bei der Tür ihre Arbeitskluft und ihr Haar zurechtgezupft hatte, ging sie, ohne einen Blick zurück, schloss die Tür von außen und überprüfte mehrmals, ob sie auch zu war, worauf wir unter dem Lärm des Verkehrs hören konnten, wie ihre Schritte über den Bürgersteig davonklapperten. In den folgenden Stunden versuchten Francis und ich, brav zu sein. Wir aßen unser Abendessen, räumten das Geschirr weg, und erst danach holten wir uns oben aus den Küchenschränken, wonach sich unsere Münder so sehnten. Maissirup, gierig aus dem gelben Bienenkorbglas geschlürft. Das grüne Wackelpuddingpulver, langsam von einem Löffel geleckt, ein Prickeln auf der Zunge. Dann machten wir die Hausaufgaben, die Mutter uns hingelegt hatte, aber danach lernten wir genauso Wichtiges fürs Leben und über die Welt aus *Herzbube mit zwei Damen* und *Ein Duke kommt selten allein*. Als wir etwas älter waren, schauten wir an den späten Freitagabenden, wenn Mutter nicht da war, italienische Komödien mit den verlockenden Warnhinweisen für Eltern. Francis und ich quälten uns geduldig durch die verwickelten Handlungen in einer fremden Sprache, und das allein für die Aussicht auf ein paar Sekunden Brüste.

»Jetzt sind sie zu sehen!«, rief Francis einmal aus dem Wohnzimmer. »Alle beide! Du musst kommen! Sofort!«

»Warte, warte!«, rief ich aus dem Bad, und ich stolperte los, fiel hin, kroch über den Boden, die Hose noch um die Knöchel, bis ich bei ihm war und hinsah. Aber von wegen. Nur diese spätabendliche Werbesendung für den Ronco-Dörrautomaten.

Francis' Gelächter. Blödes Trockenfleisch.

Immerhin war er so anständig und respektvoll, immer mindestens eine Stunde zu warten, ehe er mit irgendwas loslegte. Als Mutter uns das erste Mal allein ließ, erlebten wir einen magischen Moment. Die Sonne ging schon langsam unter, und mein Bruder zog einen Stuhl aus der Küche herbei, um an den Schließriegel an der Haustür zu kommen. Er schnippte ihn zur Seite, stieß die Tür auf, und da lag sie vor uns. Die Freiheit der Lawrence Avenue. Außenbeleuchtungen und rostfleckige Wohnhäuser.

»Nicht vergessen«, sagte Francis. »Wir sind nie an die Tür gegangen.«

Die Welt um uns herum hieß Scarborough. Zu anderen Zeiten wurde die Gegend mal »Scarbirien« genannt, ein Brachland am Rand einer sich ausbreitenden Stadt. Doch jetzt, in den frühen Achtzigerjahren, in denen wir aufwuchsen, hörten wir in der brodelnden Sprache eines sich verändernden Landes andere Namen: Scarlem, Scarbistan. Wir wohnten in Scar-*bro*, einem Vorort, der aus dem Boden und ins Gelbe, Braune, Schwarze geschossen war. Unsere Nachbarn waren Mrs Chandrasekar und Mr Chow, Pilar Fernandez und Clive »Sonny« Barrington. Sie sprachen andere Sprachen, aßen anderes Essen, aber sie alle kamen aus der ein oder anderen Kolonie, und so hatten sie einen gemeinsamen Wortschatz, um wilde Kinder wie uns zu beschreiben. Wir waren »Straßenbengel«, waren »Rowdys«, die nur Unfug im Kopf hatten und »herumstrolchten«. Wir waren, was ein Nachbar, mehr Dichter als Wachmann, als »ölverschmierte Kreaturen mit der Gerissenheit von Mungos« beschrieb, die Müllcontainer und Müllräume plünderten oder auf Bäume und Feuertreppen kletterten, um Erwachsenen nachzuspionieren. Im Winter bewarfen wir die Autos auf der Lawrence Avenue mit Schneebällen, und wenn die Fahrer versuchten, uns zu verfolgen, tauchten wir hinter die Häuser ab. Einmal rauschte ein Kombi knapp an meinem Kopf vorbei, in seinem Sog wurde ich mitgerissen, aber Francis packte mich an der Schulter und zog mich in Sicherheit.

Tagsüber waren die Bildungsangebote formellerer Natur. Unsere Schule war nach Sir Alexander Campbell benannt, einem der Väter der Konföderation, doch wir Schüler hatten unsere eigenen Konföderationen, unsere eigenen Schulhofterritorien und Allianzen, unsere eigenen Handelsabkommen und Hymnen. Wir hörten Planet Rock, liefen mit Adidas-Taschen herum und trugen stonewashed Jeans und Malermützen. Wann immer in der Aula eine Versammlung stattfand, waren wir nicht zu überhören, unsere vereinten Stimmen fluteten den Raum, egal welcher Feier wir höflich sitzend beizuwohnen hatten.

Hey Francis, Homeboy, my man.

Francis, Alter! Gangstar!

Unter dem chemischen Surren weißer Neonröhren saßen Francis und ich lange Strafen in den Klassenräumen ab, zum Teil auch aus Angst vor unserer Mutter, die uns unter Androhung von etwas Schlimmerem als dem Tod davor warnte, unsere Chance zu vertun, »unsere einzige«. Aber Francis lernte tatsächlich gern. Er las Bücher, und er war ein guter Beobachter.

Wenn die Schule aus war, besuchten wir andere Bildungsstätten. Ein Dutzend Blocks westlich der Hochhäuser und Wohnanlagen des Parks, an der Kreuzung Markham und Lawrence, war ein ganzer Komplex von Einkaufszentren. Dort gab es Lebensmittelgeschäfte, die unter Schildern in fremden Sprachen und Schriften Gewürze und Kräuter verkauften, Obst und Gemüse mit vage bekannten Namen wie Ackee und Eddo. Und Restaurants mit einem durchschnittlichen Verfallsdatum von einem Jahr, die auf handgemalten Schildern Eis mit »Heimatgeschmack« versprachen, Mango und Khoya und Badam Kulfi. Auf einem zweiten Schild, hervorgehoben mit rotem Marker, hieß es, auf Wunsch serviere man auch Gerichte der mysteriösen »kanadischen Küche«.

Dann gab es noch das Heritage Value, betrieben von diesem Arsch, der sein nutzloses ausländisches Diplom eingerahmt in den Laden hängte, andere Einwanderer auf den Tod nicht ausstehen konnte und seine Frau und seine beiden Töchter zu endlosen Stunden an der Kasse verdonnerte. Dort standen sie dann und mussten Lotterielose verkaufen und günstige Telefontarife für Anrufe nach Kingston und Saigon und Colombo und Port of Spain. Der Mann hasste Francis und mich, er sah das »kein Geld« in unseren Gesichtern. Wenn er im Laden war, hatten wir kaum eine Chance, uns hineinzustehlen. Aber wenn er nicht im Laden war, wenn seine Frau oder seine Töchter Dienst hatten, schlüpften wir durch die Tür und konnten ein paar einzelne Double Bubble und vielleicht eine Packung Fun Dip mit dreierlei Geschmack kaufen. Jedes Mal warfen wir einen Blick in die Gefrierfächer mit den Klondike-Eisriegeln und dem Eskimo-Eis am Stiel, dick mit Kristallen überzogen und für uns unerschwinglich, und manchmal schafften wir es sogar, für einen Moment bei den Comics zu stehen. Da taten wir dann so, als überlegten wir, eins zu kaufen, aber in Wirklichkeit lasen wir die Hefte so schnell wie möglich, all diese Geschichten von maskierten und missverstandenen Helden mit ihrer geheimen Herkunft und ihrem ewigen Krieg gegen die dunkelsten Mächte.

Francis hatte oft Albträume. Er lag in dem Bett über mir, ich hörte seinen Atem, sein leises Keuchen, ob von einer Allergie oder einer Erkältung. Doch kaum sank er in den Schlaf, suchte der Schrecken ihn heim. Und mit einem

Schrei wachte er auf, einem Schrei aus seinem tiefsten Inneren, die Kehle zerrissen, der Bauch entleert, und es dauerte eine Weile, bis ich merkte, dass auch ich geschrien hatte. Wenn Mutter zu Hause war, kam sie uns trösten. Sie legte sich zu uns, alle drei in einem Bett, und mit der Wärme ihres Körpers verdrängte sie die Angst. So lagen wir da, still und wach, und sahen zu, wie der Wind Gespenster in die Vorhänge wehte und die Lichter der Autos auf der Avenue über die Wände und die Decke krochen.

Wir sagten nie etwas. Wir lauschten.

Wovor haben zwei Jungen im Alter von elf und zwölf Jahren Angst? Manchmal hörten wir beim Spielen Sirenengeheul in der Luft, Wagen mit blinkenden Lichtern bremsten quietschend auf der Straße, und schon lag ein Kid aus der Nachbarschaft, den Kopf beschämt von uns abgewandt, in Handschellen auf dem Bürgersteig. Man erzählte sich Geschichten von überfallenen und zusammengeschlagenen Jungen, zerstörten Gesichtern, die Kiefer verdrahtet. »Ich habe es mit eigenen Augen gesehen«, behauptete einer, »Das war ich«, ein anderer, und wir waren uns nie sicher, ob man auch nur einem von ihnen glauben konnte. Zeitungen und Fernsehen brachten immer wieder Berichte über Gangs, Morde in üblen Gegenden, Schwerverbrecher, die sich in der Nähe herumtrieben. Einmal schaute ich morgens mit Francis in eine Zeitungsbox, um die Schlagzeile mit der letzten Schreckensnachricht zu lesen, und in der Scheibe gespiegelt sah ich unsere eigenen Gesichter.

Mit sieben Jahren konnte Francis schon lesen, und selbst als Teenager las er noch regelmäßig Bücher. Aber auch die vielen Zeichen und Gesten um uns herum verstand er zu lesen. Er las in den Gesichtern der Jugendlichen aus dem Viertel, die vor dem 7-Eleven herumhingen, und wusste genau, wann er ihnen zunicken oder eine witzige Bemerkung machen sollte oder wann es besser wäre, einfach weiterzugehen und erst gar nicht ins Blickfeld zweier blau geschlagener Augen zu geraten. Vor allem aber konnte Francis unsere Mutter lesen. Er sah ihren Stolz, aber auch, welche Wege und Opfer sie auf sich nahm. Er wusste, dass sie für ihre Arbeit als Putzhilfe und manchmal auch als Kindermädchen nicht nur anstrengende Arbeitszeiten hatte, sondern auch lange Fahrtwege mit komplizierten Busverbindungen zu weit entfernten Bürogebäuden und Einkaufszentren und Wohnungen, und dass sie zu den unmöglichsten Uhrzeiten an Haltestellen und Bahnhöfen ewig warten musste, mal im Regen oder in der Schwüle des Nachmittags, mal in winterlicher Kälte und Dunkelheit. Ihm war bewusst, dass es auf der Rückfahrt von der Arbeit immer einen Moment gibt, in dem der Körper einer Mutter zu kapitulieren droht. Eine bestimmte Stelle an der Busschleife bei der Kennedy Station, wenn die Erschöpfung zuschnappt und die Gliedmaßen sich wie bloße Fleischstücke anfühlen, und dann muss diese Mutter ihre letzten Kräfte aufbieten, um die zwei noch ausstehenden Fahrten mit dem Bus zu bewältigen.

Kam Mutter irgendwann fix und fertig nach Hause, legte Francis, damals kaum im Teenageralter, gleich los. Wie beiläufig bot er ihr ein kühles, feuchtes Tuch für den

Kopf an, je nachdem auch eine Schüssel mit Wasser und Epsomsalz für die Füße. Im Winter holte er ihr eine Decke, im Sommer einen Ventilator und ein Glas Wasser. Er achtete darauf, es mit seiner Fürsorge nicht zu übertreiben, was ihren Stolz nur verletzt hätte, und hielt sich strikt an die Hausregeln, die sie aufgestellt hatte, um uns über schlechte Zeiten hinwegzuhelfen. Doch als Mutter an einem heißen Sommertag einmal auf dem Sofa zusammenbrach, das angebotene Essen mit einem Kopfschütteln ablehnte und nicht mal einen Schluck Wasser trinken oder auch nur die Augen aufschlagen wollte, setzte der zwölfjährige Francis alles auf eine Karte.

Er lief in die Küche und holte aus dem Gefrierfach eine Dose Orangensaftkonzentrat. Immer wieder hatte Mutter uns eingebläut, das Zeug nicht ohne ihre Erlaubnis anzufassen. Und wenn wir es mal durften, sollten wir das Konzentrat mit der fünffachen Menge Wasser verdünnen, nicht mit der dreifachen, wie es in der bescheuerten Anleitung hieß. Aber an diesem Tag nahm Francis nur eine Dose Wasser, stampfte es mit einem Holzlöffel in den gefrorenen Konzentratklumpen und schüttete die leuchtende Eispampe in ein Glas. Behutsam drückte er es Mutter in die Hand, ihre Augen waren noch geschlossen. Als sie probierte, machte ich mich auf ein Riesendonnerwetter gefasst, aber ihr Mund bewegte sich wie beim Kosten einer Nachspeise.

»Diesmal habe ich den Saft süß gemacht«, erklärte Francis.

»*Süß*«, sagte Mom und zeigte ein mattes Lächeln.

Sie griff nach seinem Gesicht. Nahm das Kinn in die

Hand und strich über den sich andeutenden Schatten eines Schnurrbarts. Dann kniff sie ihm mit Daumen und Zeigefinger leicht ins Ohrläppchen, als wäre es ein Regentropfen auf einem Blatt, langte nach seinem Haar und zupfte sanft etwas heraus. Eine Klette aus dem Rouge Valley.

Das Rouge Valley. Es war wie eine Wunde in der Erde. Eine grüne Narbe, die sich durch unser Stadtviertel zog, an manchen Stellen unglaublich tief, ein Gletschertal, das es schon gab, lange bevor sich irgendetwas Scarborough nannte. Nicht weit von unserem Haus hatte man eine Brücke über das Tal gebaut und es in eine Parklandschaft verwandelt, ein asphaltierter Weg führte am Bach entlang. Als wir noch klein waren, ging Mutter, wenn sie mal Zeit hatte, mit uns zum Picknicken dorthin. Aber schon bald zogen Francis und ich lieber auf eigene Faust los, wir verschmähten den befestigten Weg zum Bach hinunter und entschieden uns für den Pfad, den wir selbst durchs Gebüsch und den steilen Hang hinab bis auf den Grund dieses sattgrünen Tals geschlagen hatten.

Als wir noch klein waren, bauten wir uns im Dickicht Forts und Verstecke, nicht nur aus Ästen, sondern auch aus Pappe und Teilen von kaputten Möbeln, die Leute dort abgeladen hatten. Wir ließen Zweige im Bach um die Wette treiben, spähten nach den gesprenkelten Fischchen, die in kleinen Schwärmen im dahinströmenden Wasser schwammen, und machten uns auf die Suche nach anderen Wesen, die es geschafft hatten, unbemerkt im Park zu überleben, fanden im Schlamm Spuren einer

Bisamratte, eines Waschbären oder auch einer Schildkröte. Einmal, es war Sommer, machten wir mit einem Stock Jagd auf einen Flusskrebs, er war blau-rot gefleckt, und Francis erklärte schaudernd, wie dieser Krebs, wenn er wuchs, seinen eigenen Körper aufknackte. Im Herbst schichteten wir einmal alles, was es in der Landschaft aufzusammeln gab, wie Decken über uns, buntes Laub und Kiefernnadeln, Zweige und Disteln als Stacheldraht, auch Plastiktüten und Aluschalen, die von den Fast-Food-Buden weiter oben herabsegelten, die Haare getarnt mit Binsen und zerdrückten Trinkhalmen. Unsere Gesichter waren ohnehin schon erdfarben.

Das Rouge war nicht »die Natur«, nicht dieses unberührte Land aus den Tierfilmen oder worüber man in Geschichtsbüchern lesen konnte. Das Rouge war keiner dieser Orte, von denen man hätte behaupten können, man habe ihn entdeckt oder er gehöre einem jetzt allein. Aber es war der Ort, den wir kannten und zu dem wir, auch als wir älter waren, immer zurückkehrten.

In dem Herbst, als Francis vierzehn wurde, gingen wir eines späten Abends zum letzten Mal ins Rouge. Schon lange, vielleicht mehr als ein Jahr, waren wir nicht mehr zusammen dort gewesen. Wir liefen bis zum Anfang der Brücke und mussten erst eine Weile die Leitplanke absuchen, bis wir zwischen den Büschen, dem Laub und dem herübergewehten Müll unseren Pfad fanden. Ein paarmal hupten uns vorbeifahrende Autos wütend an. »Da vorne«, sagte Francis schließlich, und wir machten uns an der steilsten Stelle an den Abstieg, rutschten mit

Karacho den Hang hinunter und konnten das Tempo nur verlangsamen, indem wir uns an den Büschen und den niedrigen Ästen festhielten. Irgendwann wurde der Boden eben, und wir standen auf einer kleinen Lichtung. Francis hatte einen grünen Rucksack aus Segeltuch mitgenommen, und als wir dann am Bach saßen, überraschte er mich mit einem Sixpack Molson Canadian. Er hebelte eine Dose aus den Plastikringen, knackte sie mit einem leisen Zischen auf und hielt sie mir hin. Ich nippte vorsichtig daran, versuchte keine Miene zu verziehen, so bitter schmeckte es. Wir schwiegen eine Weile, während wir unser Bier tranken, die Bäume wurden zu schwarzen Schatten am nächtlichen Himmel.

Francis hatte mich immer beschützt, meine ganze Kindheit. Ich war natürlich kleiner als er, aber irgendwie machte ich auch sonst nicht viel her. Da war mein nervöses Lächeln. Mein Haar, das sich im Gegensatz zu seinem grundsätzlich unentschlossen zeigte, für immer gefangen im Niemandsland zwischen Afro und dem Vokuhila der Eishockeyspieler. Als es auf die Pubertät zuging, waren es zunehmend meine musikalischen und sonstigen Interessen, die Anlass zur Sorge gaben. Mein Getrommel auf dem Luftschlagzeug zur Rockband Rush zum Beispiel oder meine akribische Zeichnung von Gondolfin mit seinem wallenden Haar, diesem mehrklassigen Halbelf im vierzehnten Level, der plötzlich als schwul galt. Francis und ich hatten unser Leben lang zusammen im selben Zimmer geschlafen, aber in letzter Zeit hatte er mich ein paarmal in allzu intimen Situationen ertappt, eine entmutigende Erfahrung. Zum Beispiel als Francis mit neuen

Freunden nach Hause kam und ich gerade vor dem Fernseher den Tanz zu Lionel Richies *All Night Long* nachahmte. Sehr viel gravierender war, als er in unser Zimmer kam und sah, wie ich vor der Damenunterwäsche im Eaton-Katalog mit Mazola-Maisöl masturbierte.

»Du nimmst den Eaton?«, hatte er mich später gefragt, leise und ohne mir in die Augen zu sehen. »Dein Ernst?«

Ich rechnete also damit, dass er mir, als wir mit unserem Bier im Rouge Valley saßen, einen seiner Vorträge halten würde, wie ich mich zu verhalten und aufzutreten hätte, um »besser rüberzukommen«. Aber wir griffen bloß zu einer zweiten Dose Canadian und horchten auf die nächtlichen Laute der Insekten, den dahinplätschernden Bach und die gedämpften Geräusche der Fahrzeuge, die hoch über uns die Brücke passierten. Wenn Francis mal etwas sagte, ging es um die Jungs aus unserem Stadtteil. Er sprach von Scatter und Brownman, von Tiger und Anton, ich kannte sie alle. Wenn ich allein war, auf dem Schulhof oder auf dem Parkplatz vor dem Einkaufszentrum, machten sie einen auf dicke Hose und schubsten mich herum, richtig weh taten sie mir aber nie, sie demütigten mich nur und erinnerten mich an meinen Platz in der Welt. Francis war irgendwann dazwischengegangen, und seither ließen sie mich in Ruhe. Francis sagte, ausgerechnet diese Jungs würden immer erzählen, wie oft man sie schon gedisst hätte. Und dass sie Feinde hätten, die auf sie lauerten. Dass sie glaubten, sie müssten sich bewaffnen.

»Idioten«, sagte ich.

Francis nickte, aber das war nicht nur ein zustimmendes Nicken, das war auch die Kopfbewegung, die man macht, wenn der andere das Entscheidende nicht kapiert hat und man darüber hinweggehen will, weil alles schon zu alt und zu spät ist, um es noch irgendwie zu erklären.

Heute weiß ich, dass man so etwas mit vierzehn spürt. Man nimmt nicht nur die Bedrohung wahr, die von jungen Männern mit Waffen ausgeht, von »Gangs« und »Gewaltverbrechern«, sondern auch diese andere Bedrohung, die schleichend daherkommt und ebenfalls sehr alt ist. Eine Mutter, die einem eine Predigt hält über das Ankommen und die große Chance, und dabei stinkt ihr Atem nach dem Zahn, den sie mangels Zeit und Geld leider gerade nicht behandeln lassen kann. Und je erwachsener Francis wurde, desto unzufriedener wurde er mit der Welt und dem ihm zugedachten Platz.

Mit achtzehn verbrachte Francis die meiste Zeit längst ohne mich und zusammen mit Jungs, die ich kaum kannte. Sie waren älter und aus verschiedenen Gegenden von Scarborough, nicht nur aus dem Park. Sie stylten sich mit weiten Hosen und Sportjacken, der Reißverschluss offen, dazu knallige Mützen und die richtigen Schuhe, trugen kurz getrimmten Fade Cut mit einrasierten Mustern und redeten und gestikulierten auf eine Weise, die auf Verbindungen über Scarborough hinaus verweisen sollte, zur Szene in New York, in L. A. und Kingston. Auch schienen sie ihre eigene Sprache zu haben, und ich sah mir genau an, wie sie Francis begrüßten, sich dabei abklatschten und einen Insider machten. Aber sobald ich versuchte, mich einzuschleimen, »sup« zu sagen oder vielleicht allzu eifrig Zustimmung zu signalisieren (»Yo, echt dope, der Homeboy!«), wurde es peinlich still, sie sahen zu mir, dann zu Francis und wieder zu mir, als wäre ihnen unsere Verwandtschaft unbegreiflich. Als fragten sie sich, was da genetisch schiefgelaufen war.

»Hey«, sagte Francis dann zu mir. »Kannst du uns mal ein bisschen Raum lassen?«

Zu Hause kümmerte er sich weiterhin um Mutter, wenn sie von der Arbeit kam, und jedes Mal strich sie ihm übers Gesicht. Aber die Nähe, die es zwischen ihnen gegeben hatte, wirkte immer bemühter, und von Tag zu Tag schien die Gereiztheit und Anspannung zuzunehmen. Wenn sie ihn jetzt berührte, war das oft recht grob und nur, um ihm angesichts seiner Frisur, seiner Kleidung und seiner Körperhaltung vorzuwerfen, dass es ihm an »Anstand« und schlicht »Zivilisiertheit« mangele. Der heftigste Streit aber drehte sich immer um die Schule. Genau wie ich war Francis vor Jahren aus dem Förderprogramm herausgenommen und in ein Basisprogramm gesteckt worden. Ihn selbst ließ das kalt, sein frisch erblühtes Desinteresse an der Schule war die Antwort auf das offensichtliche Desinteresse der Schule an ihm. Doch in seinem letzten Jahr auf der Highschool sagte er einmal zu einer Lehrerin, sie solle sich verpissen, und unter Androhung, die Polizei zu rufen, verwies man ihn des Geländes. »Deine einzige Chance!«, sagte Mutter immer wieder.

Von da an ging Francis nicht mehr zur Schule. Er hatte eine Reihe von Aushilfsjobs und füllte heimlich den Kühlschrank mit Lebensmitteln auf. Er arbeitete hart, um zu beweisen, dass er sein Leben im Griff hatte, und wenn er nach Hause kam, sah er fast so erschöpft aus wie unsere Mutter, worüber sie sich nur noch mehr aufregte. Bis es in jenem Sommer, als die Hitze langsam heranschlich, zwischen ihnen zum Knall kam. Eine Nachbarin hatte Mutter beiseitegenommen und ihr gesagt, dass Francis seine gesamte freie Zeit im Desirea's verbringe, einem Barbershop, wo sich Jungs tummelten, die offenbar vorbestraft seien.

»Sag mir, dass das nicht stimmt!«, schrie Mutter. »Sag mir ins Gesicht, dass du dort nicht hingehst! Sag mir, dass das keine vorbestraften Jungs sind!«

Francis hatte längst gelernt, mit Mutter nicht offen zu streiten. Er tat so, als würde er zuhören, sah ihr aber nie direkt in die Augen, so wirkte er weder plump distanziert noch auf Konfrontation aus. Doch diesmal funktionierte Francis' Technik nicht. Mutter, die tropfnass in ihrem Kittel vor ihm stand, warnte ihn, sie weiter zu ignorieren. Einfach so zu tun, als ob nichts wäre, damit käme er nicht durch.

»Du bist mein Sohn!«, brüllte sie. »Und mein Sohn wird nicht *kriminell.*«

Vielleicht war es die Art, wie Mutter das Wort aussprach und kurz vom britischen Englisch in den Singsang aus Trinidad wechselte. *Kri-mi-nell.* Vielleicht war es aber auch etwas anderes, ein dumpfes Gefühl von Ungerechtigkeit, von Unvermeidlichkeit. Francis lachte nur. Für einen Moment starrte Mutter ihn an. Dachte nicht an den scharfen Haustürschlüssel aus Messing in ihrer Hand, als sie ihm ins Gesicht schlug.

Und Stille. Francis hob langsam die Hand, fasste sich

an die Wange. Seine Augen blinzelten, vor Überraschung, vor Schmerz, über die Haut zog sich ein schmaler roter Streifen. Bis sein Blick ein anderer wurde und er lächelte. Als wäre das so etwas wie ein Sieg.

Einen Monat danach rückte die Hitze an, eine brütende Hitze, von einer physischen Wucht, dass niemand ihr entkam. Die Natur gebärdete sich wie diese Schlägertypen, von denen man immer nur hört. Früh am Morgen war es ein bedrohlicher roter Dunst, nachmittags ein klebriges Elend, das wie Sirup in der Luft hing und jeden Willen erstickte, selbst das Atmen fiel schwer. Auch die Nacht brachte keine Erleichterung, und so wie die Hitze den Tag über in den Häusern köchelte, machte sie das Drinnenbleiben unerträglich. Als Mutter einmal abends von der Arbeit kam, ging sie, das Haar über der Stirn schweißverklebt, direkt in ihr Zimmer, ohne nach dem Glas Wasser zu greifen, das Francis ihr hingestellt hatte. Kaum hatte sie die Tür hinter sich geschlossen, bat Francis mich, mit ihm nach draußen zu gehen.

Wir gingen ein paar Schritte zu einem verlassenen Parkplatz, in Sichtweite der Wohnsilos, die nahe unserem Haus aufragten, das Scott, das MacDonald und all die anderen. Ein paar Kinder waren dort mit ihren Fahrrädern. Einer der Jungen hob schüchtern die Hand in Richtung Francis, so wie Jüngere manchmal Ältere grüßen, die sich einen gewissen Ruf verschafft haben, aber Francis ignorierte ihn, und der Junge alberte weiter mit seinen Freunden herum.

»Ich gehe weg«, sagte Francis.

»Was? Wohin? Wann?«

»Bald. In ein paar Wochen vielleicht. Ich muss noch ein paar Sachen regeln.«

»Und Mutter?«, fragte ich.

»Ich sage es ihr bald«, sagte Francis. »Sie wird es verstehen.«

»Aber sie braucht dich.«

»Du hilfst ihr doch auch. Sie wird schon klarkommen. Ein Maul weniger zu stopfen.«

»Aber sie verlässt sich auf dich.«

»Komm schon, Michael«, sagte er. »Ich würde sie nie im Stich lassen. Ich schicke ihr Geld. Und sie ist stark. Was Mutter schon durchgestanden hat, das ahnen wir gar nicht.«

Er atmete aus, schüttelte den Kopf, und dann schaute er zu den hohen Häusern, die Fenster abgedunkelt, damit bei der Hitzewelle möglichst kein Licht hereinfiel. Ich weiß noch, wie der Anblick mich nicht mehr losließ. Als wäre wie von Zauberhand ein ganzes Wohnviertel verschwunden. Als gäbe es eine Macht, die so etwas könnte.

Ein paar Tage zuvor hatten wir gehört, dass es im Park Ärger gegeben hatte. Ein Streit zwischen jungen Männern, der in eine Schlägerei ausgeartet war. Nicht so ein großmäuliges Getue, mal ein bisschen aufmischen, mit lauten Drohungen, einer aufblitzenden Waffe vielleicht, ob echt oder nicht, sondern eine richtige Schlägerei. Einer von ihnen war von einer ganzen Gruppe zusammengeschlagen worden, die Rippen gebrochen, die Finger zertrampelt, die Haare mit Feuerzeugbenzin übergossen und in

Brand gesteckt, ein lichtes Blau in der Dunkelheit. »Ein Heiligenschein«, meinte Anton, sein Gesicht ein breites Grinsen.

Francis und ich wussten natürlich, dass man nicht jeder dummen Geschichte glauben durfte, die irgendwer über unseren Stadtteil erzählte, auch nicht jemand wie Anton, der in letzter Zeit als Kleindealer unterwegs war und das ein oder andere mitbekam. Aber als mein Bruder und ich an diesem Abend zu unserem Block zurückkehrten, waren wir gleich hellwach, denn an dem Kreisel bei unserer Anlage standen ein paar Kerle zusammen, die wir nicht kannten. Sie schrien sich an. »Ich bring dich um, du Spacko.« »Dann komm doch, trau dich.« Jemand rief von einem Balkon herunter: »Wir haben schon die Polizei verständigt, die sind gleich da«, aber das Geschrei wurde nur noch lauter, bedrohlicher.

Fass mich nicht an, du Wichser!

Schlappschwanz. Schwuchtel.

Hey, Nigga, mal riechen? Mal riechen, du Bitch?

Wir gingen schneller, sahen zu, dass wir dort wegkamen. Aber kaum bogen wir um die Ecke, hörten wir es. Ein kurzes Knallen, wie eine Fehlzündung beim Auto, ein fast alltägliches Geräusch. Dann wieder ein Knall, und gleich darauf ein richtiges Geknatter, unverwechselbar und gar nicht mehr alltäglich. Um uns herum ein paar weitere Schüsse, ein plötzliches Splittern von Ziegelstein, nur ein paar Meter neben uns, aus dem Boden sprang ein Asphaltfrosch. Wir hätten laufen sollen, aber wir taten es nicht. Auch nicht, als wir erneut Schüsse hörten. Und dann Schritte, jemand kam um die Ecke auf uns zugerannt. Kaum sahen wir ihn, hörten wir wieder einen Schuss und ein Geräusch wie von einem Kürbis, den jemand an Halloween vom Balkon fallen lässt, und der da gerannt kam, stürzte hin.

Es war Anton. So wie er auf dem Boden lag, konnte ich sein Gesicht nicht sehen, aber ich erkannte ihn an seinem marineblauen Trainingsanzug. Er gab leise tierische Laute von sich, aus seinem Kopf quoll etwas wie ein nasser rosa Luftballon. Ich entfernte mich langsam, während Francis näher heranging. Er beugte sich über Anton, griff nach seinem Gesicht, und sofort zog er die Hand zurück, als hätte er sich verbrannt.

»Francis«, flüsterte ich.

Wieder ein Schuss, aber mein Bruder rührte sich nicht. Er schaute auf seine Hand, versuchte etwas an seiner Hose abzuwischen. Ich rief ihm zu, lauter jetzt. Dann noch ein Schuss, noch mehr Geschrei.

»Francis!«

Erst als wir das Heulen einer Sirene hörten, drehte er sich zu mir um. Sein Gesicht schockbleich in dem schütteren Licht der Außenbeleuchtung.

Lauf, sagte er. Kein Ton, nur der Umriss des Wortes auf seinem Mund.

Wir waren noch nicht weit gekommen, als ein Polizeiwagen an uns vorbeiraste, dahinter noch einer, er wendete und kam mit quietschenden Reifen und Gummigestank direkt hinter uns zum Stehen. Geräusche von sich öffnenden Türen, laute, energische Befehle. Stiefel auf dem Bürgersteig, die auf uns zurannten, und wieder ein

Gefühl von Panik, ein anderes jetzt, wie einem alten dunklen Traum entstiegen.

Es war nicht das erste Mal, dass die Polizei uns aufgriff. Das war schon fast Routine: Wir mussten nur brav mitspielen, dann kamen wir am Ende wieder frei, nicht unbedingt mit all unserer Würde, aber zumindest mit heiler Haut. Doch an diesem Abend spürten wir, dass etwas auf uns einstürmte, was wir so noch nicht kannten. Im blendenden Licht der Scheinwerfer flogen die Befehle an mir vorbei. Ich sah Francis mit den Händen hinterm Kopf, und mir wurde klar, dass ich das auch tun sollte, aber ich konnte nicht. Ein Polizist packte mich an der Schulter und riss mich zurück. Ich hörte, wie Francis »Hey« sagte, er hatte instinktiv nach mir gegriffen.

Für das, was dann passierte, war ich ein schlechter Zeuge, denn mein Gesicht war die ganze Zeit nach unten gedrückt, weg von Francis, aber neben mir hörte ich den Kampf, einen heftigen Schlag, den dumpfen Laut von etwas Wuchtigem auf etwas Weichem und wie aus Lunge und Mund der Atem schoss. Der Polizist legte mir Handschellen an und richtete mich auf, in sitzender Haltung jetzt. Ich spürte Francis' Nähe und musste mich verrenken, um ihn zu sehen, er saß ebenfalls aufrecht, die Hände im Rücken fixiert. Über dem Wangenknochen hatte er eine blutige Schramme, offenbar nichts Schlimmeres. Ich wollte, dass er mir in die Augen sah, aber er reagierte nicht auf meine stumme Bitte.

»Francis«, flüsterte ich.

»Halt's Maul«, sagte ein Polizist.

»*Francis*«, ein wenig lauter jetzt.

»Maul halten, habe ich gesagt.«

Wir hatten Glück. Ohne dass wir uns irgendwie erklärt hätten, kamen sie irgendwann zu dem Schluss, dass wir nicht direkt in die Sache verwickelt waren. Sie nahmen uns die Handschellen ab und sagten, wir sollten uns an den Straßenrand setzen. Im Laufe der nächsten Stunde konnten wir sehen, wie ein Einsatzfahrzeug nach dem anderen auf unseren Block zufuhr. Polizeiwagen, ein Feuerwehrwagen, drei Rettungswagen, zwei Ü-Wagen.

Ein weiterer Polizeiwagen hielt neben uns, ein älterer Polizist mit geschorenem Kopf stieg aus und sprach mit den anderen Beamten. Der ältere Polizist hörte sich an, was die beiden, die uns Handschellen angelegt hatten, zu berichten hatten, und dabei zog er einen Streifenkaugummi aus der Packung und dann noch einen und kaute. Er schien nicht das geringste Interesse an Francis und mir zu haben, und erst nachdem er eine Weile zugehört hatte, hockte er sich vor uns und hüllte uns in seinen Pfefferminzatem. Einer der anderen Polizisten hielt ihm Latexhandschuhe hin, aber er schüttelte den Kopf, und mit der bloßen Hand bewegte er Francis' Kopf sanft in Richtung der Straßenlaterne, um sich die Schramme über dem Wangenknochen anzusehen. Mein Bruder zuckte und wandte das Gesicht ab. Der Polizist stand auf, kaute weiter.

»Okay«, sagte er, »wir bringen euch nach Hause.«

Unser Wohnviertel war fast nicht wiederzuerkennen. Mit einem Mal im Ausnahmezustand, ein Tatort in den klirrenden Konturen ungeahnter Helligkeit. Polizeiwagen mit Blaulicht standen die Straße rauf und runter, auf Freiflächen und im weichen Gras der Grünstreifen, hinter sich lange matschige Reifenspuren. Dazu zwei, drei, vier Rettungswagen, die Übertragungswagen mit ihren Satellitenschüsseln und ein Gewimmel von Reportern mit Mikrofonen unter gleißenden TV-Scheinwerfern. In diesem Licht hatten sich die Häuser, die ich mein Leben lang gekannt hatte, verändert. Der Verputz eines der niedrigeren Häuser sah aus wie die Fußsohle eines ungewaschenen Kindes; der Rost an den Balkongeländern und Feuertreppen eines Hochhauses trat hässlich hervor, wie ansteckend, ein Ausschlag voller Blasen. Selbst die Kleidungsstücke, die zum Trocknen auf Wäscheleinen hingen, machten einen verdächtigen Eindruck. Die Slacks und Saris und kopflosen Strampelanzüge eine einzige Verschwörung.

Die Nachbarn waren in Scharen herausgekommen und schauten zu, manche von ihren Balkonen aus, andere sammelten sich auf den hellen Bühnen der Höfe und den mit Bändern abgesperrten Straßen. Ein Mann versuchte, ein Kind in den Schlaf zu wiegen. Ein kleines Mädchen hielt die Hand seiner Mutter, ein paar jüngere Kinder, normalerweise nervige Energiebündel, betrachteten schweigend den Tatort. Ich war unter diesen Menschen aufgewachsen, kannte ihre Gesichter, ihre Namen. Da waren die Cumberbatchs, die Rampersads, die Nowaks. Ihre Mienen ausdruckslos. Vielleicht weil das Licht so grell war, vielleicht weil sie nichts von sich preisgeben wollten. Die meisten aber sahen aus, wie man aussieht, wenn man misstrauisch beäugt wird. Wenn man beobachtet wird und selbst versucht, etwas zu sehen.

Was mir jedoch am deutlichsten in Erinnerung geblieben ist, ist das Bild meiner Mutter. Als die Polizisten uns nach Hause brachten, stand sie, immer noch in ihrem blauen Putzkittel, unter dem Vordach und verfolgte, wie wir beide mit den Polizisten herankamen. Vor allem aber schaute sie auf ihren ältesten Sohn, der an diesem Abend der Gewalt aus irgendeinem Grund nicht imstande war, ihr in die Augen zu blicken.

»Ma'am?«, sagte der Polizist. »Sind Sie die Mutter?«

Sie nickte, hörte zu, schaute über die Beamten hinweg zu den gaffenden Nachbarn. In dem grellen Schein glänzte ihr verschwitztes Gesicht wie eine Maske, sie sah ein wenig aus wie eine Schauspielerin, die versehentlich auf die Bühne gestolpert kommt und noch nicht weiß, welche Rolle die ihre ist.

ZWEI

In den letzten zehn Jahren habe ich auf Mutter Rücksicht genommen. Habe unangenehme Gespräche über die Vergangenheit auf ein Minimum beschränkt. Habe Sachen verschenkt, die Francis gehörten und Erinnerungen wachrufen, Mutter aufwühlen könnten. Seine Konzertshirts, seine Sneakers. Seine Blue-Jays-Kappe mit dem verblassten Schweißfleck am Rand.

Das habe ich nicht getan, um ihr die Möglichkeit zu nehmen, sich an ihren Sohn zu erinnern, sondern um uns beiden die Zeit und den Raum zu geben, mit dem Verlust zu leben. Als Francis uns verlassen hat, war Mutter zunächst nicht in der Lage, auch nur einen Finger zu rühren, geschweige denn zur Arbeit zu gehen. Aber in den letzten Jahren ist sie zunehmend selbstständig geworden. Sie hilft mir beim Kochen und im Haushalt. Sie hat eine Teilzeitstelle als Reinigungskraft im Gemeindezentrum, ein Job, der zwar nur einen kleinen Teil unserer Kosten deckt, für den sie aber auch keine langen Fahrten auf sich nehmen muss. Sie ist der lebende Beweis dafür, dass Menschen über einen großen Verlust hinwegkommen. Nur selten ist sie die reglose, auf den Fernseher starrende Frau, die Aisha heute Abend gesehen hat. Und manchmal geht es auch mit ihr durch.

Vor ein paar Wochen hat sie sich zurechtgemacht und ist aus dem Haus gegangen, passend angezogen für die kalte Jahreszeit, mit den richtigen Schuhen und einer warmen Mütze. Sie war nicht allzu lange fort, vielleicht zwei oder drei Stunden, trotzdem machte ich mir schon Sorgen. Doch als sie zurückkam, war mir alles klar. Sie kämpfte mit Einkaufstüten voller Trockenerbsen, Kräuter, Gewürzpulver, einem Beutel Reis und Blattgemüse, das oben herausstippte. Nicht dieses tafelfertige Zeug zum Aufwärmen, das ich ihr schon viel zu oft vorgesetzt habe, sondern Zutaten, wie man sie in den zahlreichen sri-lankischen, philippinischen und westindischen Läden ein paar Straßen weiter westlich kaufen kann, Lebensmittel, für deren Zubereitung man tatsächlich Zeit braucht. Und da erinnerte ich mich an das Datum. Um Mitternacht war Francis' Geburtstag.

»Ich koche uns was«, sagte sie.

Ich half ihr beim Auspacken der Tüten. Taro und Stachelannone und Bodi, Namen, die mir aus meiner Kindheit vage vertraut waren, so wie ich auch gelernt hatte, dass »Birnen« eigentlich keine Birnen sind, sondern Avocados, und dass »Feigen« grüne Bananen sind und »Brotfrüchte« weder Brot noch Obst. Mutter hatte schon lange nicht mehr gekocht, aber kaum fing sie an, versank sie in einem alten, geduldigen Rhythmus, weichte Linsen ein, schnippelte Gemüse, röstete Gewürze, das alles mit einer Geschmeidigkeit, die ich längst verloren glaubte.

Trotzdem gab es Momente, in denen sie wie abwesend war. Ein Starren ins Irgendwo, während ein Topf Reis überkochte oder der Knoblauch in der Pfanne qualmte und bitter wurde. Sie löste Blätter von einem Kohlkopf, entfernte immer weitere, bis nichts mehr da war, nur ihre panischen Augen und ihre leeren, zitternden Hände.

»Oh«, sagte sie leise.

»Schon gut, Mutter.«

»Du liebe Zeit!«

Am Ende blieben ein paar Zutaten unberührt, aber was sie zubereitet hatte, schmeckte sehr gut. Bohnenreis und kleine Fleischwürfel mit Knochen. Ein Eintopf aus leuchtend roten Linsen. Ein Gericht aus blassem Gemüse, langsam eingekocht zu einer tieforangen Pracht. Sie deckte den Tisch mit den guten Servietten und dem guten Besteck, und ich sagte nichts, als sie einen dritten Teller hinstellte, ein drittes Glas Wasser mit einem Schuss Zitronensaft. Wir aßen, sahen später die Abendnachrichten und gingen danach in unsere Zimmer für eine, wie ich hoffte, erholsame Nacht.

Geweckt wurde ich von Geräuschen aus dem dunklen Wohnzimmer. Ich trat auf den Flur. Nicht dass ich mit einem Einbrecher rechnete, aber Angst hatte ich trotzdem. Als ich in die Küche kam, saß Mutter auf dem Boden und flüsterte ins Telefon. Sie buchstabierte einen Namen. »F-R-A-N-C-I-S«, sagte sie. »Bitte helfen Sie mir, mich mit ihm zu verbinden.« Sie bemerkte mich und nahm den Hörer vom Ohr, eine genervte Telefonistenstimme fragte nach einem Nachnamen. Mutter legte leise auf und erhob sich.

»Ich weiß«, sagte sie. »Ich weiß ja, dass er nicht mehr da ist.«

Ich glaubte ihr. Mir war klar, dass meine Mutter nur für einen Moment, am Rande des Schlafs, gedacht hatte, es gäbe eine Ländervorwahl, die sie wählen könnte, eine zu zahlende Gebühr.

Die Nachbarn im Park haben solche Anfälle auch schon miterlebt. Wenn Mutter auf einmal abzudriften scheint, in die Vergangenheit starrt oder in ihr versinkt. Manche erinnern sich noch an die Ereignisse, die mit der Schießerei in jenem heißen Sommer begannen. Aber immer wieder ziehen neue Leute in den Park, oft geflohen unter Gefahr für Leib und Leben aus der Karibik, aus Südasien, aus Afrika und dem Nahen Osten, aus Orten wie Jaffna und Mogadischu. Diese neuen Nachbarn bekommen immer eine Geschichte zu hören, die mit Mutter und mir zu tun hat, und mit jeder neuen und ausgeschmückten Version wird sie umso beängstigender. Es ist die irgendwie rätselhafte Geschichte eines überaus »problematischen« jungen Mannes und eines jüngeren Bruders, der »das Vorgefallene« auf seinen Schultern trägt, die Geschichte einer Mutter, die nun Anzeichen eines schleichenden »Wahns« zeigt.

Einige Nachbarn gehen uns schlicht aus dem Weg. Ein knapper Gruß, wenn wir uns begegnen, und eilige Schritte, sollten wir zufällig dieselbe Richtung nehmen. Sie stecken die Köpfe zusammen und flüstern. Aber es gibt auch immer wieder freundliche Gesten. Noch heute steht manchmal ein Tablett mit Essen vor der Tür. Ein

Pilaw mit Okra, ein Schmorhuhn, unverkennbar karibisch. Manchmal sind die Gerichte auf den ersten Blick weniger vertraut: eine Schüssel mit Pakora oder ein Gericht mit Würzreis, mariniert und in Blätter eingewickelt. Meist werden sie anonym abgestellt, in diesen Wegwerf-Aluschalen, die keinen Zweifel daran lassen, dass eine Rückgabe nicht erforderlich ist. Mitunter kommt das Essen aber auch in Keramikschüsseln, die wieder abgeholt werden, und wenn das der Fall ist, fragt manchmal jemand nach dem Befinden meiner Mutter. So war es auch, als ich erst letzte Woche Mrs Henry die Tür öffnete.

Mrs Henry, muss man dazusagen, ist eine der vielen patenten Mütter in unserem Wohnviertel, eine eiserne Kraft und gestrenge Wiederaufrichterin tief gefallener Menschen, zumal von Eltern, die mit missratenen Zöglingen geschlagen sind. Sie ist Gemeindeälteste in einer nahe gelegenen Pfingstgemeinde, das bindet sie jedem gleich auf die Nase. Vormittags arbeitet sie meist in einer Fischkonservenfabrik, lässt es sich aber nicht nehmen, auf dem Weg dorthin Hut zu tragen und ein knöchellanges Kleid. Sie hat drei Jobs, was nicht unerwähnt bleiben darf, und einen Sohn, der im Chor singt, alles nichts Besonderes, wie sie anfügt. So ist sie nun mal aufgewachsen auf den Westindischen Inseln, einem Ort, den sie heraufbeschwört gegen das Laster und die frivole Sittenlosigkeit, die Scarborough und seine Jugend im Griff haben. Sie ist die perfekte Verkörperung von Recht und Anstand, mit dunklem Gesicht und dem ehrlichen Duft von Limacol-Erfrischungslotion, Pfefferminzpastillen und Kokospomade.

»Guten Abend, Mrs Henry«, sagte ich.

Zu einer Frau wie Mrs Henry sagt man immer »Guten Abend«. Man versucht es nicht mit einem »Hallo« oder, noch schlimmer, mit einem »Hi«, und kein Kind von hier, egal wie dumm oder *dickschädelig*, würde jemals so etwas wie ein »Sup?« riskieren. Trotzdem zeigte Mrs Henry auf meinen angemessenen Gruß kaum eine Reaktion. Sie fragte nach ihrer Schüssel, und ich gab sie ihr, schon gespült. Ob ich auch erst gewartet und den Backfisch nicht sofort in den Kühlschrank gestellt hätte, wollte sie wissen, »damit er nicht schwitzt«, und ich sagte Ja, aber das war gelogen. Ich bedankte mich aufrichtig, und dann besann ich mich auf meine guten Manieren und schlug ihr vor, auf einen Tee hereinzukommen. Sie schenkte mir einen dieser Blicke, die ich schon oft in den Gesichtern von Nachbarn gesehen habe. Einen betretenen, schnuppernden Blick, wie er einhergeht mit dem Gefühl, dass da etwas in der Luft liegt, was noch nicht ausgestanden ist. Es folgte ein weiterer Blick, etwas sanfter, vielleicht Mitleid.

»Ein andermal«, sagte sie.

Ich werfe meinen Nachbarn nicht vor, dass sie Mutter und mich meiden. Sie haben ihre eigenen Geschichten, ihre eigenen Hoffnungen auf ein echtes Ankommen. Sie sind gezeichnet von ihrer Sprache, ihrer Religion, ihrer Haut, und ihre Jobs sind oft befristet und prekär. Und wenn sie Mutter im Alltag manchmal mit dieser Freundlichkeit und Großzügigkeit begegnen, die sich aus dem tiefen Gefühl der Verletzlichkeit speist, dann weil ihnen der Preis dafür bestens bekannt ist, der Preis für die Stigmatisierung und wie manche Geschichten einem Menschen stinkend anhaften. Einige Nachbarn, habe ich gehört, haben sich die Angewohnheit zugelegt, in ihren Bewerbungen auf eine Stelle eine falsche Adresse anzugeben, da sie fürchten, eine offensichtliche Verbindung zum Park erschwere ihr ohnehin schon kompliziertes Leben nur noch mehr.

Aber das finde ich in Ordnung. Ich will keine anderen Menschen um mich herum. Will keine Besuche oder ausgefragt werden. Und ganz sicher will ich nicht, dass Mutter weitere Dramen erlebt. Zehn Jahre haben nicht gereicht, um sich ganz zu erholen. Dabei haben wir jetzt tatsächlich einen Gast zu Hause.

Zumindest heute Abend bin ich um eine unnötige Auseinandersetzung herumgekommen. Dass Aisha jetzt bei uns ist, hat sich als weniger belastend herausgestellt, als ich erst dachte. Nachdem sie Francis' Namen ausgesprochen hat, habe ich nur genickt und sie allein gelassen, damit sie sich in meinem Zimmer für die Nacht einrichten konnte. Ich bin ins Wohnzimmer gegangen und habe mich zu Mutter vor den Fernseher gesetzt, ihre Augen eingestellt auf einen Punkt irgendwo jenseits der Mattscheibe, bis eine Werbesendung für Sonnenbrillen begann und sie aufstand und in ihr Zimmer ging, danach konnte ich mich auf dem Sofa ausstrecken. Seither halten mich die vorbeirauschenden Autos wach.

Irgendwann sinke ich in den Schlaf, und in einem Anfall von Panik und heftigem Schwindel höre ich wieder die Schüsse. Die Vorhänge im Wohnzimmer pulsieren im Rhythmus der bunten Lichter der Einsatzwagen. Es dauert ein paar Sekunden, bis mir klar wird, dass es die Lichter eines Schneepflugs und eines Streufahrzeugs auf der Avenue sind.

Auf einmal bin ich wach und blinzle in das Tageslicht, das durchs Wohnzimmerfenster hereindringt. Mutter ist in der Küche, im Bademantel, und macht sich Frühstück, irgendwie hat sie es geschafft, mich dabei nicht zu wecken. Aber noch etwas ist rätselhaft. Ich schaue mich im Haus um, Aisha ist nicht da, nur ihr Rucksack steht noch in meinem Zimmer. Wie hat sie an mir vorbei- und zur Tür hinausschlüpfen können, ohne dass ich es gemerkt habe?

Als ich wieder ins Wohnzimmer komme, hat Mutter ihre eigenen Fragen.

»Dieses Mädchen«, setzt sie an, »in deinem Bett …«

»Nur eine Freundin, Mutter. Aisha. Sie hat mal hier im Park gewohnt, weißt du nicht mehr? In der Nummer zwei, zusammen mit ihrem Vater. Sie war richtig gut in der Schule.«

»Sie hatte ein Stipendium«, sagt Mutter und nickt. »Was macht sie jetzt?«

»Ich bin mir nicht ganz sicher.«

»Nicht ganz sicher?«

»Nein. Ich weiß es nicht.«

»Sie trägt sehr enge Jeans.«

»So eng auch wieder nicht, Mutter. Ihr Vater … Ihr Vater ist vor Kurzem gestorben. Also habe ich ihr gesagt, sie kann eine Weile bei uns bleiben.«

»In deinem Bett«, brummelt sie.

»Sie ist wegen der Leute im Park hier! Sie will sich umsehen, erinnern.«

Mir ist klar, dass ich lauter geworden bin, aber ich kämpfe mit meinen eigenen Zweifeln und frage mich, ob es klug war, sie ausgerechnet jetzt einzuladen. Außerdem ist mir immer noch unbegreiflich, wie ich habe verschlafen können und wieso Aisha sich hinausgeschlichen hat, noch dazu habe ich anderes zu tun. Und als Mutter wieder anfängt und nach dieser Frau in ihrem Haus fragt, sage ich es mit Worten, die ich ihr gegenüber normalerweise vermeide.

»Sie ist hier, um zu trauern.«

Mutter steht stumm da, zieht den Bademantel am Kragen fest zu. Für einen Moment schäme ich mich fast, dass ich so deutlich geworden bin. Aber als sie antwortet, ist ihre Stimme sanft, aufrichtig.

»Das arme Ding.«

Ich kann nicht warten, bis Aisha zurückkommt, ich bin sowieso schon zu spät dran. Ich packe hastig die Reste vom Reis mit Erbsen ein und laufe die zehn Blocks zu dem großen Lebensmitteldiscounter, der jetzt dort steht, wo früher ein Einkaufszentrum war. Ich arbeite seit fünf Jahren in diesem Easy Buy, aber wenn ich eine Schicht versäume oder auch nur zu spät komme, riskiere ich meinen Job. Das Geschäft läuft gut, in den Gängen drängen sich die Kunden und stopfen ihre Einkaufswagen voll. Trotzdem wird es immer schwerer, eine Schicht zu bekommen, weil viel mehr Leute Arbeit suchen, als es offene Stellen gibt.

Manny, der stellvertretende Leiter, ist im Park aufgewachsen, nicht weit von mir, allerdings wohnt er jetzt in Port Junction, »eine gute Gegend«, wie er angeberisch erklärt. Dabei hat er im Park immer noch seine Kontakte, Freunde vielleicht oder Familie, denn irgendwie schafft er es, meine täglichen Wege zu verfolgen. Er weiß, dass ich ohne ersichtliches Ziel dort »herumschleiche« und dass man mich manchmal, wenn ich keine Schicht habe, in der öffentlichen Bibliothek antrifft, »faulenzend«. Aufgrund dieser scheinbaren Vertrautheit meint er, mir im Personalraum Vorträge halten zu müssen. Im Beisein der Kollegen belehrt er mich über die Gefahren, die ein Umgang mit den falschen Leuten bedeute. Predigt mir, dass man sich aus eigener Kraft hocharbeiten und Geld sparen müsse und keine Almosen erwarten dürfe. Alles eine Frage der *Einstellung*. Es gehe um die richtige *Mentalität*. Am schlimmsten ist, wenn Manny unsere Spinde überraschend durchsuchen lässt, nach Drogen und auf kleinere Diebstähle, auch wenn nie etwas gefunden wird und diese Aktionen vielleicht nicht mal rechtlich zulässig sind, aber wie es aussieht, haben wir keine Wahl und müssen sie hinnehmen. »Wer nichts verbrochen hat, hat nichts zu befürchten, richtig?«, erklärt er. Einmal hat er ein Bibliotheksexemplar von *Giovannis Zimmer* in meinem Spind gefunden, hat gegrinst, als er das Foto des blonden Mannes auf dem Cover sah, und dann laut über die Paletten mit Kokosnüssen und Oreo-Keksen gescherzt, die im Lager aufs Ausgepacktwerden warteten. »Du weißt ja«, meinte er zu einem der neueren Beschäftigten und patschte ihm auf die Brust, »außen schwarz und innen weiß.«

Keiner meiner Kollegen, alle in Teilzeit und viele mit Familie, würde es jemals wagen, zu widersprechen oder sich seinen Unmut anmerken zu lassen. Und ich selbst muss auch aufpassen. Ich mache meinen Job, aber Manny weiß genau, dass ich in der Klemme stecke, denn wegen Mutter bin ich darauf angewiesen, eine Arbeit möglichst in der Nähe zu finden. Außerdem stellt Manny, trotz seiner Warnung vor Korruption und kleinen Gefälligkeiten, nur allzu gern unter der Hand Leute ein, die so verzweifelt sind, dass sie für die Hälfte des üblichen Lohns arbeiten, die andere Hälfte teilt er sich stillschweigend mit dem Chef.

Es ist also nicht verwunderlich, dass ich heute mit jemandem zusammengespannt werde, der hier neu ist. Er hat schon graue Haare, aber Muskeln und Adern wie straffe Seile. Als ich ihn begrüße, nickt er und sagt kein Wort. Dann legen wir los und laden Tiefkühlprodukte und Trockenware und alle möglichen Kisten und Konserven von Dutzenden von Paletten herunter und listen sie auf. Zuckerhaltige Frühstücksflocken, Fruchtsaftgetränke, Kekse, Chips. Die Arbeit ist monoton und nimmt kein Ende, nach drei Stunden machen meine Arme nicht mehr mit. Der Kollege sieht mindestens doppelt so alt aus wie ich, aber er ist kräftig und zieht mich mit. In der Pause versuche ich, ihn anzusprechen, er nickt nur kurz.

Wir halten bis zur letzten Stunde durch, unsere Gliedmaßen sind längst steif. Als ich in der Umkleide neben ihm stehe und meine Jacke aus dem Spind nehme, probiere ich es noch einmal mit den wenigen, hoffentlich nicht anzüglichen Sätzen, die ich auf Tamil und Tagalog aufgeschnappt habe.

»Hablas español?«, versuche ich als Nächstes.

»Hör zu, du Wichser. Ich bin aus Mississauga.«

Ich mache mich im Dunkeln auf den Heimweg, ducke mich vor dem Wind und der Kälte, in meiner Wirbelsäule tausend Nadeln. Ein Auto bespritzt mich mit Schneematsch, ich bin klatschnass, schlimmer als gestern Abend mit Aisha, und mit einem bitteren Gefühl schweifen meine Gedanken zu der Frau, die ich zu mir nach Hause eingeladen habe. Dort ist es schon kompliziert genug, und wir haben in mehr als einer Hinsicht zu kämpfen, Mutter und ich, wir müssen uns nicht mit einer weiteren Trauer belasten, schon gar nicht mit der Trauer eines Menschen, der nicht gefangen ist in seinem Zuhause und in einem Scheißjob. Dem alle Möglichkeiten offenstehen. Der es geschafft hat rauszukommen.

Durch den Wind dringt immer lauter das rostige Quietschen von Metall, und ich schaue auf. Im Hof eines nahen Hochhauses ist eine asphaltierte Fläche mit einer Reihe von Schaukeln, seit meiner Kindheit stehen sie dort. Auf einer sitzt ein Kind und schaukelt energisch, bei jedem Schwung geht der Körper mit, die Kette hängt kurz durch, ehe es wieder hinuntergeht. Aber dann sehe ich, dass das kein Kind ist, sondern eine Erwachsene in einem aufgeknöpften knöchellangen Regenmantel, darunter ein schwerer dunkler Rock, das alles flattert um sie herum. Ich gehe näher heran und sehe ihr Gesicht.

»Aisha?«, rufe ich.

Sie antwortet nicht, vielleicht hat sie mich nicht gehört. Ich sehe den Glanz auf ihrer Stirn. Sehe, wie die Stangen, die die Schaukel im Boden verankern, in dem aufgeweichten Grund gefährlich schwanken.

An dem Abend der Schießerei hatte ich sie erkannt, sie war unter den Nachbarn, die in der Hitze still zusahen, wie die Polizisten mit Francis und mir an der Tür standen und mit Mutter sprachen. Sie trug ihr Haar seitlich zusammengebunden zu einem bauschigen, irgendwie schrägen Pferdeschwanz. Ihr Vater, neben ihr, hatte eine Hand auf ihre Schulter gelegt. Ich winkte ihr verstohlen zu, aber sie erwiderte den Gruß nicht. Sie sah herüber, als sähe sie mich zum ersten Mal, und ich musste noch einmal die Hand heben, ehe sie reagierte. Ein heimliches Winken, die Hand nah am Körper.

Die Polizisten erklärten Mutter, was passiert war und warum sie uns festgehalten hatten. Es hatte eine Auseinandersetzung gegeben, ein geplatzter Deal vielleicht, und die Sache war aus dem Ruder gelaufen. Waffen wurden gezogen, zwei junge Männer getroffen, konnten aber noch flüchten. Es gab ein Todesopfer, die Person polizeibekannt, aber auch weitere Verletzte, wie die Beamten uns mitteilten. Kugeln waren durch Glastüren und Fenster geflogen. Einem Unbeteiligten wurde in den Arm geschossen. Eine verirrte Kugel hatte die dünne Wand einer Wohnung durchschlagen und ein schlafendes siebenjähriges Mädchen getroffen.

»Ein Mädchen«, sagte Mutter wie zu sich selbst. »Ein schlafendes Kind.«

Seit Francis gesehen hatte, wie Anton erschossen wurde, war er nur noch ein Zombie, die Augen ausweichend, glasig. Mutters Worte schienen ihn wachzurütteln, und für eine Sekunde trafen sich unsere Blicke, aber dann schaute er wieder zu Boden. Mutter sah ihn jetzt fest an.

Die Polizisten versicherten ihr, dass gegen uns nicht ermittelt werde. Es gebe bereits Hinweise auf Verdächtige, ihre Namen und wo sie sich aufhielten, aber da wir in der Nähe der Schießerei gewesen seien, werde man uns zu einem späteren Zeitpunkt vielleicht noch einmal befragen, außerdem habe Francis ja in Verbindung mit einigen der Verdächtigen gestanden. Mutter nickte und wiederholte zweimal, ihre Jungs würden uneingeschränkt mit der Polizei kooperieren. Die Beamten sagten ihr auch, sie solle sich melden, wenn sie das Gefühl habe, sie könne sachdienliche Hinweise geben. Alles werde anonym gehandhabt, betonten sie. Unsere Identität bleibe geschützt.

»Wir werden kooperieren«, sagte Mutter. »Das versprechen wir. Danke, meine Herren.«

Und während die Polizisten sich entfernten, dankte sie ihnen noch weiter. Dann hielt sie die Tür auf, damit Francis und ich hineingingen. Sie schloss die Tür leise hinter uns, und es dauerte, bis sie die Klinke losließ. Offenbar musste sie all ihre Energie aufbieten, ehe sie sich uns zuwandte.

»Und jetzt … erzählst du mir … *alles*«, sagte sie.

Dabei schaute sie zu Francis, aber er wich ihrem Blick aus. Sie wiederholte es, und dann fragte sie Francis, ob er gehört habe, was sie sage. Er biss sich auf die Fingernägel, ins Nagelbett hinein. Besah sich die schartige Spitze am kleinen Finger. Drückte einen kleinen roten Blutstropfen heraus.

»*Francis!*«

Er machte einen Schritt zurück, dann immer schneller, ohne irgendwohin zu sehen, stieß eine Tischlampe um. Mutter und ich folgten ihm zu unserem Zimmer und standen in der Tür, während er sich seine kaputte rot-weiße Adidas-Tasche schnappte, von hier nach da sprang und alles hineinstopfte, was ihm in die Hände kam.

»Was machst du da?«, fragte Mutter.

Er antwortete nicht, packte Sachen wie Unterwäsche und Socken obendrauf, wählte aber auch eher Befremdliches wie den ärmellosen Pullover mit Rentiermuster, den anzuziehen er sich schon vor zehn Jahren geweigert hatte. Als er aus einer der Schubladen einen Hoodie zog und ihn gerade in die Tasche stecken wollte, griff Mutter nach dem Ärmel.

»Wohin gehst du?«

»Nirgendwohin«, sagte er.

»Ich habe dich etwas gefragt. Wohin?«

»Nirgendwohin. Lass mich bitte los.«

»Du sagst mir jetzt, wohin du gehst!«

»Lass mich. Bitte.«

Mutter versuchte, den Hoodie an sich zu reißen, und es kam zu einem kurzen Gerangel, und da Francis nicht losließ und ebenfalls zerrte, mit aller Kraft und seinem ganzen Gewicht, stolperte sie und schlug vornüber mit dem Kopf an das Etagenbett. Für einen Moment war nur Stille und Schweigen, während Mutter ihren ältesten Sohn anschaute, die Hand auf der Stirn, die Augen weit aufgerissen, blinzelnd.

Zum ersten Mal seit an diesem Abend die Schüsse gefallen waren, lag auf Francis' feuchtem Gesicht ein Ausdruck von Schmerz. Mutter sah auf ihre Hand, Blut war nicht daran. Francis entschuldigte sich. *Tut mir leid.* Und floh mit seinem Hoodie und seiner Tasche aus dem Zimmer. Das Geräusch der Haustür, die sich öffnete, aber nicht wieder schloss. Das Klirren der Sicherheitskette.

Mutter und ich blieben auf und warteten die ganze Nacht, dass Francis zurückkam. Um drei Uhr ging sie in ihr Zimmer und legte sich aufs Bett, in ihrem fleckigen Arbeitskittel, die Schuhe noch an, auf der Stirn eine Beule, ein hässliches kleines lila Ei, aber sie erlaubte mir nicht, etwas gegen die Schwellung zu unternehmen. Ich stellte ihr ein Glas Wasser auf den Tisch neben dem Bett, dazu ein paar Cracker und Bananenscheiben, aber sie rührte sie nicht an. Ich holte den Ventilator aus dem Wohnzimmer. Sie sagte kein Wort, blieb reglos liegen, schien nicht einmal zu blinzeln.

»Ruh dich aus«, sagte ich. »Lass Francis meine Sorge sein.«

Als sie seinen Namen hörte, drückte sie die Augen zu, und ich tat wie versprochen und flog in Gedanken zu Francis, dachte, so fest ich konnte, über seine neuen

Freunde nach, dachte vor allem an einen dünnen Jungen namens Jelly, von dem ich wusste, dass er im selben Haus wie Anton wohnte und zu Francis' bestem Freund geworden war. Die Polizei hatte Jelly mal festgehalten, aber diese Erfahrung hatten viele von uns gemacht. Ich fragte mich, wo Francis wohl hingegangen war, wo er nach einem sicheren Ort gesucht hatte.

Ein Junge namens Jelly. Ein Barbershop namens Desirea's.

Der Himmel tönte sich tieforange, die Hitze würde genauso drückend wie am Tag zuvor. Mutter ging ins Bad und erschien danach in frischer Arbeitskluft in der Küche. Sie setzte sich an den Tisch, aß ihren Porridge. Als sie aufstehen wollte, sackte sie gleich wieder auf den Stuhl. Ich wollte schon zu ihr hinspringen. Sie blinzelte, sah mich vorwurfsvoll an. Schließlich erhob sie sich.

»Mir geht's gut«, sagte sie.

»Ich bringe dich zur Bushaltestelle.«

Bei unserem Wohnblock reihten sich weiterhin Polizeiwagen und Ü-Wagen aneinander. Ein paar Nachbarn drängten sich in dem schrägen Schatten des Wartehäuschens. Frauen in Putzkitteln, Männer in dicken Jeans und Sicherheitsstiefeln, bei allen färbte sich die Kleidung im Nacken und unter den Achseln vom Schweiß schon dunkel. Vielleicht waren es dieselben Leute, die zugesehen hatten, wie Francis und ich am Abend von der Polizei nach Hause gebracht wurden, aber ich hätte es nicht sagen können. Niemand wollte uns in die Augen sehen.

Ein voller Bus kam und fuhr vorbei, kein einziger Fahrgast passte mehr hinein. Die Temperatur stieg mit jeder

Minute, und obwohl alle weiter ruhig blieben, konnten ihre Füße die Ungeduld nicht verbergen, Blicke wanderten in unsere Richtung.

»Diese Jugend«, sagte eine Frau. »Brutal. *Kriminell.*«

Sie sprach »kri-mi-nell« genauso aus wie Mutter. Keiner der anderen Wartenden schaute auch nur auf. Es war zu heiß, um irgendwie zu reagieren oder einzugehen auf dieses Gerede, das sich an niemand Bestimmtes richtete.

»Ihre Eltern«, sagte sie. »Vor allem ihre *Eltern.*«

Mutters Gesicht schien kurz davor, auseinanderzubrechen. Schwer zu beschreiben. Wie eine Glaskugel, die in Zeitlupenaufnahme zu Boden fällt. In diesem Bruchteil einer Sekunde, wenn das Glas aufschlägt und noch rund ist, aber schon mit Rissen überall, und man genau weiß, dass es nicht länger eine Kugel ist.

Es dauerte zehn Minuten, bis der nächste Bus kam, und nachdem Mutter die Stufen genommen hatte, blieb sie erst einmal stehen und hielt sich an den Stangen fest. Der Bus fuhr los, hinter sich die aufgekochten Dämpfe von Diesel und heißem Asphalt. Ringsum das Flirren der Straße und der Welt, eine tief sitzende Übelkeit, alles drehte sich. Ich schaffte es gerade noch, nicht umzukippen, und glitt an der verglasten Seite des Wartehäuschens auf den Bürgersteig.

• • •

Bisher schien meine Beziehung zu Aisha auf einer unausgesprochenen und höchst fragilen Verbindung zu beruhen. Nie wäre ich auf die Idee gekommen, bei ihr an die Tür zu klopfen, und mir war bewusst, dass ich an diesem sengenden Morgen nach der Schießerei den denkbar schlechtesten Zeitpunkt gewählt hatte. Trotzdem ging ich hinüber zu ihrem Haus und klopfte zweimal an die Tür. Das gelbe Licht im Spion zuckte, jemand spähte zu mir heraus, und dann wurde die Verriegelung gelöst, die Sicherheitskette ausgeklinkt und die Tür von ausgerechnet der Person geöffnet, von der ich gehofft hatte, ihr nicht zu begegnen.

Aishas Vater war nicht der einzige alleinerziehende Vater im Park, aber als solcher eine markante Erscheinung. Samuel war klein und schlank und ruhig und sehr dunkel. Er kam aus demselben ländlichen Bezirk in Trinidad wie unsere Mutter. Angeblich war er dort Lehrer gewesen. Hier aber arbeitete er als Wachmann, seine Uniform war immer mindestens drei Nummern zu groß, die weiten Hosen schlugen im Wind. Vor Einkaufszentren und Schnellrestaurants verscheuchte er »herumlungernde« Kinder von den Sitzgelegenheiten und den Eingängen, und es hatte auch schon mal einen Zusammenstoß mit Francis und mir gegeben, aber daran dachte ich keine Sekunde, als er an diesem schwülheißen Morgen vor mir stand und mich irritiert ansah, nachdem er mitbekommen hatte, wie die Polizei mich am Abend zuvor nach Hause brachte.

»Ja?«, fragte er knapp. »Was kann ich für dich tun?«

Aishas Stimme rettete mich, »Schon gut, Dad«, und mit schlappenden Sandalen tauchte sie hinter ihrem Vater auf. Ihr Haar war nass, sie trug Shorts und ein Tanktop, Schultern und Rücken frei. Wirklich albern, aber ich verspürte einen Anflug von Lust, als ich sah, wie subtil das

Spiel zwischen Tochter und Vater vonstattenging, ein leiser, aber intensiver Wortwechsel und dann ein scharfer, warnender Blick von Aisha, der den Mann zum Nachgeben zu bewegen schien. Samuel legte ihr die Hand auf die Schulter, ein letzter Versuch vielleicht, sie noch umzustimmen, aber Aisha schüttelte sie ab und schob sich durch die Tür, an mir vorbei, hin zum Bürgersteig.

»Bibliothek«, sagte sie.

Wir liefen das Dutzend Blocks bis zu dem Gebäude mit der grünen Glasfassade. Als wir hineintraten, spürte ich die Klimaanlage wie einen Schlag, spürte, wie die feuchte Hülle meines Hemds an mir haftete. Wann immer wir zusammen in die Bibliothek gingen, bemühten wir uns um einen Platz bei den grün getönten Fenstern, und obwohl die Räume an diesem Tag gut besucht waren, fanden wir einen Tisch und setzten uns, unter unseren Beinen das klebrige Plastik der Stühle. Um uns herum waren ganz normale Leute aus dem Park. Mütter mit zappeligen kleinen Kindern, ein junger Mann, der stirnrunzelnd auf etwas schaute, was wie ein Lehrbuch aussah, ältere Männer in ihrer unpassenden Kombination aus Jackett und Baseballkappe, manche lasen fremdsprachige Zeitungen. Einer hielt eine Zeitung mit einem Aufmacher über die Schießerei am Vortag in den Händen. Aisha schnappte sich ein Taschenbuch aus einem Drehständer und ließ ihren Blick nicht von den Seiten, blätterte wahllos darin herum.

»Hast du mitgekriegt?«, fragte ich im Flüsterton. »Die Bullen haben die Verdächtigen geschnappt. Es waren fünf. Die meisten nicht mal aus dem Park. Aber egal, ich denke, damit ist für uns die Sache vorbei.«

Sie blätterte weiter, in ihr brodelte es. Vor lauter Eile hatte sie nach einem dieser Teenie-Ratgeber gegriffen, von denen ich wusste, dass sie sie hasste.

»Aisha …?«

»Das war Goose«, sagte sie.

Ihre Stimme klang schrill, und sie hielt einen Moment inne, ehe sie mir erzählte, was sie gehört hatte. Goose war in ihrem Kinderzimmer gewesen, als die Schießerei losging, und hatte geschlafen. Sie war von einer Kugel getroffen worden und hatte sich zum Wandschrank geschleppt. Dann hatte sie das Bewusstsein verloren und konnte nicht mehr antworten, als ihre Mutter nach ihr rief und wie verrückt durchs Haus rannte. Ein Sanitäter, der mit ihr nach der Kleinen suchte, bemerkte schließlich die Spur der roten Flecken auf dem Teppich vor dem Schrank.

»Angeblich ist ihr Zustand stabil«, sagte Aisha. »Es heißt, sie hat Glück gehabt.«

Ich kannte Goose kaum. Woher der Spitzname kam, wusste ich nicht, ich wusste nur, dass sie ein Fahrrad mit lila Flatterbändern am Lenker hatte. Ich erinnere mich noch, wie Francis ihr einmal half, die Fahrradkette wieder aufzuziehen, weil Goose ihre Hände nicht »schwutzig« machen wollte.

»Aisha«, sagte ich, »du hast ja gesehen, wie die Polizisten mich und Francis nach Hause gebracht haben. Ich weiß immer noch nicht alles. Aber Francis und ich … Du kennst uns doch, oder?«

Zum ersten Mal an diesem Morgen sah sie mir direkt in die Augen, nickte, machte sich wieder an die Lektüre.

Und zum ersten Mal seit Stunden fühlte ich mich ein wenig erleichtert.

Aisha und ich waren praktisch unser Leben lang Nachbarn gewesen, trotzdem hatten wir als Kinder und auch noch in den ersten Jahren auf der Highschool nie richtig miteinander gesprochen. Wir waren fast gleich alt, aber sie hatte einige Klassenstufen übersprungen und nahm an einem Begabtenprogramm teil, das ich mir voller Trottel vorstellte, alle sabbermäulig mit Zahnspange und dem Aufzeigefinger in der Luft. Als Kind kurvte sie, dünn wie eine Mücke, ständig mit dem Fahrrad durch die Gegend, das Haar an den Seiten zusammengebunden, aber asymmetrisch. Als Teenager trug sie Strumpfhosen und weite Pullover, unter denen ein BH-Träger und die braunen Schultern hervorschauten. In ihrem letzten Halbjahr auf der Highschool, zwei Monate bevor wir so etwas wie Freundschaft schlossen, konnte ich bei einer Schulversammlung zusehen, wie sie einen Preis für besondere Leistungen in Mathe und Naturwissenschaften erhielt. Sie hatte ein Stipendium bekommen, um an einer Universität in Montreal ein Studium zu beginnen, und zum Ende des Sommers, sagte der Rektor, würde sie uns verlassen. Sie war eins dieser Mädchen, die alle Welt als »beispielhaft« oder »Ausnahmetalent« betrachtet, eins dieser Mädchen, die für meine Mutter »eine Zukunft« hatten. Sie stand auf der Bühne der Aula und posierte für das Foto, im Gesicht ein steifes Lächeln, und irgendwie erwischte sie mich dabei, wie ich sie aus der Menge heraus beobachtete.

Einen Monat später, es war Juli, sah ich sie an einem

Tisch hinter dem grün getönten Glas der öffentlichen Bibliothek. Sie trug Shorts und las in einem dicken Buch, die Stirn leicht gekräuselt. Staubpartikel hingen träge in der Luft, das hereinströmende Sonnenlicht legte sich bläulich auf ihre Wimpern. Ein sonderbares Bild war das, ihre Gestalt und das Licht auf dem Glas, dazu mein eigenes Spiegelbild über dem Anblick der lesenden Aisha. Ein vielarmiges Monster. Aber dann geschah etwas Beunruhigendes: Sie sah mich und lächelte.

Francis hatte mir nie erzählt, was es wirklich auf sich hatte mit Mädchen, mit der körperlichen Lust, mit diesem rätselhaften Sex. Im Gegenteil, meist schien er genauso verwirrt wie ich. Als wir beide noch klein waren, hatten wir einmal heimlich in die Erdgeschosswohnung eines Nachbarhauses gespäht und ein Paar gesehen, das nackt übereinanderlag, im Hintergrund lief die Fernseh-Spielshow *Definition*. Wir beobachteten, wie sie verzweifelt miteinander rangen, das Gesicht der Frau war nicht zu sehen, das des Mannes aufgedunsen und hochrot, so sehr strengte er sich an. Am Ende bekamen wir mit, was vielleicht eines der Rätsel ist, die ein Kind am meisten umtreiben: Das Gesicht des Mannes verzerrte sich nicht vor Lust, sondern vor Schmerz.

»Ein Orgasmus«, flüsterte Francis, als wir uns wieder verdrückt hatten und weit weg von diesem Schauspiel waren. Allein das Wort, sein grauenvoller Glanz.

Ein paar Jahre später sprach uns ein Mann an, der ein ganzes Stück östlich von uns wohnte, in Port Junction, der »guten Gegend«. Er meinte, er würde uns einen Porno vorführen, einen richtigen Film, in Schwarz-Weiß und projiziert auf eine Kellerwand in seinem Bungalow. Für einen Dollar saßen wir dann auf einem Sofa in diesem abgedunkelten, feuchten Raum zusammen mit dem Mann und acht anderen Jungs, alle älter als wir, saßen inmitten der stinkenden Wolke ihrer kollektiven Angst und Erregung, die nackten Beine aneinander, und offenbar war ich der Einzige, der bemerkte, wie unser Gastgeber sich diskret einen runterholte und nur hin und wieder auf die Bilder schaute. Der Film hatte entweder keinen Ton, oder der Mann hatte ihn abgestellt, und die Stille verlieh den brutalen Handlungen der grau-weißen Körper an der Wand diese seltsame, so bedeutungsschwere wie gebieterische Aura eines alten Stummfilms.

Francis hatte mich nie »aufgeklärt«. Er gab mir keine Tipps, warnte mich nicht. Ich bekam von ihm keine dieser Informationen, die viele junge Männer, die wir kannten, unbedingt weitergeben mussten, Informationen über die verschiedenen »Typen« von Mädchen und was sie jeweils »tun« würden. Was umso verwirrender und manchmal auch enttäuschend war, weil Francis, anders als die meisten Jungs, die einfach nur Scheiße redeten, tatsächlich Beachtung fand und die Blicke auf sich zog. Wenn er auf der Straße an einer Gruppe von Mädchen vorbeiging, steckten sie die Köpfe zusammen, tuschelten und lachten anerkennend. Selbst die schweigsame Tochter an der Theke des Mini-Markts schenkte ihm ein schelmisches Lächeln, wenn sie ihm das Wechselgeld gab, und sobald er sich umdrehte, wanderten ihre Augen zu seinem Po. Aber kaum drängte ich ihn, mir etwas von den stürmischen Begegnungen zu erzählen, in deren Genuss er angeblich gekommen war (»Francis, du *Hund*«, riefen ihm ein paar Jungs aus dem Park zu), schüttelte er bloß den Kopf. Und als ich ihn einmal mit den drei Kondomen konfrontierte, die ich in seiner Schublade unter den Socken gefunden hatte, brüllte er mich an, ich solle die Finger von seinen Sachen lassen, und da er wusste, dass eine Erklärung angebracht wäre, murmelte er etwas von »blöden Schlampen«, mit einer so aufgesetzten Stimme, dass es für uns beide nur demütigend war.

Echte eigene Erfahrungen hatte ich noch nicht gemacht. Deshalb fühlte ich mich an diesem Tag im Juli, einen Monat vor der Schießerei, auch so schutzlos ausgeliefert, als Aisha mir durch die Scheiben der Bibliothek in die Augen blickte. Ich zog an den kühlen Metallgriffen der Glastüren und ging, Hände in den Taschen, Kopf gesenkt, Kappenschirm über den Augen, auf das Sicherungsgate zu. Ich musste all meinen Mut zusammennehmen, denn ich hörte schon den Alarm losgehen, dann würden alle sehen, wie ich einfach so hineinzuspazieren versuchte. Aber kein Alarm ertönte, niemand kicherte in dem Raum, den ich nun betrat, und ich schaffte es, in einem der Gänge zwischen den Regalen zu verschwinden.

Ich brauchte Munition, so viel war klar. Aus einem Regal mit der Aufschrift »Klassiker« nahm ich mir eine Taschenbuchausgabe der *Thebanischen Trilogie*, auf dem Cover war eine weiße Maske mit hohlen Augen, aus denen rot das Blut lief, der Mund aufgerissen, ein Ausdruck schrecklichen Leids. Derart gerüstet ging ich zu Aishas Tisch.

»Hey«, sagte ich. »Kann ich … *darf* ich mich setzen?«

Ein paar Kinder aus dem Park, die in der Nähe saßen, wandten einander die Köpfe zu und giggelten. Aisha schob ihren Stapel Bücher und Zeitschriften beiseite, um mir Platz zu machen. Ich sah, dass dieses »vorbildliche« Mädchen ganz und gar nichts pädagogisch Wertvolles las, sondern die Zeitschrift *People*. Ich schaute Aisha nicht an, sondern schlug sofort meinen »Klassiker« auf und starrte beflissen auf die Seite, die Wörter schwammen unlesbar dahin. Nach ein paar langen Minuten nickte ich, als hätte ich irgendeine ewige Wahrheit in mich aufgesogen. Ich konnte spüren, wie Aisha zu mir schaute, die Situation wurde immer lächerlicher, aber ich hob die Augen nicht von der Buchseite, ließ nicht ab von meinem Schauspiel. Bis Aisha leise sagte:

»Hey, du.«

So begann unsere Beziehung, und das Wetter trug das Seine dazu bei. Da die Hitze von Tag zu Tag heftiger wurde, flüchteten wir uns bei jeder Gelegenheit in die klimatisierte Kühle der Bibliothek. Ich wählte zunächst weiter Bücher aus, von denen ich dachte, sie würden Aisha vielleicht beeindrucken, meist Penguin Classics, einmal allerdings auch ein Anatomiebuch (mit diesen gehäuteten Körpern, dem Schaubild eines Herzens, rot, blau, hässlich). Aber Aisha interessierte sich in diesem Sommer nur für trashige Unterhaltung und Musikzeitschriften. Sie tippte mich an und las mir irgendein Gossip über LL Cool J vor, wieherte so laut, dass sie sich die gestrengen Blicke der kleinen Lesegemeinde in der Bibliothek einhandelte, und zeigte mir dann einen weiteren

Promi-Klatsch, ihr Stuhl näher zu mir hingerückt, ihre nackte Wade an meinem Bein.

Sie war vielleicht ein kleines bisschen wie ich, dachte ich, noch so ein Dunkelmix, das Haar und die Augen zum Teil von einer philippinischen Mutter, die aus irgendeinem Grund das Land hatte verlassen müssen. Aber eigentlich war Aisha nur sie selbst. Diese Windpockennarbe auf der Nase. Oder dieses Pünktchen mit einem Schweif am Rand ihrer Pupille, eine Kaulquappe vor einem tiefschwarzen Strudel.

»Ich muss los«, sagte Aisha nach einem Blick auf die Bibliotheksuhr.

»Ich gehe mit«, sagte ich.

Es war kurz vor elf, und der schmale Schatten, den die Gebäude warfen, war zu einem Fastnichts geschrumpft. Im Hof eines Nachbarhauses hatte jemand ein Planschbecken in Form einer Schildkröte aufgestellt. Ein kleines Mädchen tauchte vorsichtig mit dem Fuß hinein, wahrscheinlich war das Wasser längst Suppe. Bevor wir uns auf den Rückweg machten, kaufte Aisha in einem kleinen Laden eine Dose Sprite, und als wir zum Waldorf kamen, setzten wir uns bei dem alten Parkplatz auf den Bordstein und teilten sie uns. Ein Junge dribbelte mit einem Basketball auf dem klebrigen Asphalt. An der Seite parkte ein Polizeiwagen, es saß niemand darin. Einen Block weiter sahen wir noch einen Polizeiwagen. Und dann zog auf der Avenue ein dritter langsam an uns vorbei, an der nächsten Ecke kam er zum Stehen.

»Drei?«, sagte Aisha. »Allen Ernstes?«

Ich zuckte mit den Achseln, und sie nahm einen weiteren Schluck aus der Dose. In der Nähe von uns, auf dem beschatteten Beton des Bordsteins, saß eine Mutter mit ihrem Baby und schaukelte es sanft, beide hatten die Augen geschlossen. Wahrscheinlich hatten sie die ganze Nacht nicht geschlafen. Aisha tippte mich an und hielt mir die Dose hin, am Rand sah ich den perlenden Tropfen, der ihren Mund berührt hatte. Ich nippte und gab ihr den Rest zurück. Sie trank die Dose aus und stand auf, um nach Hause zu gehen, zum Abschied umarmte sie mich. Ich spürte den Film auf ihrer Haut, als sie mir die Arme um die Schultern legte, spürte ihren Bauch, und zum ersten Mal drückten sich ihre Hüften an mich. Für einen Moment blieb die Zeit stehen, einen Moment, in dem sich eine Welt der Möglichkeiten auftat, aber dann heulte eine Sirene, und genauso plötzlich war alles vorbei.

Ein Polizeiwagen hielt bei einer Gruppe junger Männer, die auf dem Bürgersteig die Straße entlangliefen. Die Sirene wurde bald abgeschaltet, aber bei uns allen löste sie etwas aus. Das Baby fing an zu weinen. Die Augen der Mutter klappten auf, und als sie mich erkannte, glotzte sie, als wäre ich ein Straßenköter und, wer weiß, vielleicht tollwütig. Der brüchige Frieden war hinüber, die Nerven lagen wieder einmal blank, aber war das wirklich eine Erklärung für das, was Aisha dann tat? Sie schaute zu Boden und entdeckte ein aufgebrochenes Stück Asphalt, das sie mit dem Absatz ihres Turnschuhs weiter lockerte. Sie hob den Brocken auf, holte mit einem Schritt zurück weit aus und schleuderte ihn. Er schlug in eines der Fenster des unbesetzten Polizeiwagens, knirschend wie ein hartes Bonbon zwischen den Zähnen, und überzog die Scheibe mit einem bläulichen Spinnwebmuster.

In meinem Bauch eiskalte Panik, in meinem Kopf, in meiner Brust ein Pochen. Die Polizisten einen Block weiter schienen nichts gehört oder bemerkt zu haben und befragten die Jugendlichen weiter. Ich schaute zu Aisha, zu diesem Mädchen, von dem ich dachte, ich hätte es ein wenig gekannt. Sie wischte sich eine lockige Strähne aus dem feuchten Gesicht, ihre Augen fest auf mich gerichtet, na los, sag schon was.

Nur wie? Von allem, was nach der Schießerei passiert war, war das mit Abstand das Verrückteste.

DREI

Sie schreibt, erzählt sie uns, die bezahlte Variante. Nachdem sie vor zehn Jahren aus dem Park verschwunden ist, hat sie ein Studium der Naturwissenschaften aufgenommen und im zweiten Jahr als Hauptfach Informatik gewählt. Sie hat sich auf Programmiersprachen, Algorithmen und Datenstrukturen gestürzt, mit einer Zielstrebigkeit, die ihre Umgebung irritierte. »Machst du denn nie mal Pause?«, fragte eine Kommilitonin, und der ganze Raum lachte. »Wirklich nie eine Pause?«, fragte ihr Laborleiter eines Abends, als sie beide allein waren. Sie konzentrierte sich auf nichts anderes, mied jede Form von Gesellschaft, schloss mit dem zweitbesten Durchschnitt ihres Jahrgangs ab, bekam aber nicht, wie die meisten anderen, auf Anhieb einen Vollzeitjob. War sie bei Vorstellungsgesprächen unbewusst zu kühl? War das der Grund? Irgendwann fing sie bei einem großen und erfolgreichen IT-Start-up als Programmiererin an. Zwei Jahre hat sie in einem Raum mit jungen Männern gehockt, sich gegen den Gestank der Monitore gestemmt, den Schweiß, die dummen Sprüche, bis sie beschloss, ihren eigenen Weg zu gehen. Sie ist jetzt eine »hired gun«, erklärt sie, eine freiberufliche Programmiererin für kurzfristige Projekte, meist im Zusammenhang mit Geoinformationssystemen und nie länger als ein paar Wochen. In den letzten drei Monaten hat sie in Manila und in Austin gearbeitet. Davor hat sie geholfen, eine Lösung für ein Kabelnetzwerk in der Hauptstadt von Uganda zu entwerfen und zu implementieren.

»Kampala«, sagt Mutter.

Aisha lächelt und hebt ihre Teetasse in Mutters Richtung, ehe sie daran nippt. Das Wohnzimmer ist ins Morgenlicht getaucht, an diesem dritten Tag von Aishas Besuch zeigt sich endlich der Frühling. Durchs Fenster sehen wir, wie eine ältere Frau kleine Blumentöpfe und Übertöpfe vor die Tür stellt, ein Mann hängt Wäsche auf die Leine am Balkon. Auf dem Bürgersteig, neben dem schmelzenden grauen Schnee, spielen ein paar Kinder Basketball. Aisha beißt in ihr süßes Brot mit Butter, isst, dann spricht sie weiter, in gesenktem Ton.

»Vor einem Jahr hatte ich einen Job in Venezuela, danach habe ich auf eigene Faust einen Flug nach Trinidad genommen. Ich habe das Dorf besucht, wo mein Vater geboren ist. Wo auch du geboren bist, Ruth. Ich habe die Zuckerrohrfelder gesehen, die jetzt verwildert sind. Und die weiße Kirche der Spirituellen Baptisten. Du erinnerst dich an all das, Ruth, nicht wahr? Seit mein Vater gestorben ist, muss ich oft an die Insel denken.«

Draußen die schmatzenden Laute des Basketballs beim Aufklatschen. Mutter nickt.

»Erzähl mir von Kampala«, sagt sie.

Den restlichen Vormittag sitzt Aisha mit Mutter im Wohnzimmer und erzählt leise von den vielen Orten, an denen sie gewesen ist, kommt auf ihre persönlichen Verluste aber nicht wieder zu sprechen. Beide scheinen kein Interesse daran zu haben, mich einzubeziehen, manchmal wirkt es regelrecht geheimnistuerisch. Als ich am frühen Nachmittag zur Tür reinkomme, sitzen sie auf dem Sofa und flüstern. Einmal lachen beide schallend los, es ist das erste Mal seit Langem, dass ich Mutter lachen höre.

»Ich habe mich gefragt«, sagt Aisha später am Abend, als Mutter schon schläft, »ob ich nicht mal ein Treffen arrangieren sollte. Einfach so, um zusammenzukommen, mit Musik und Essen, vielleicht ein paar Worte über die Menschen, die nicht mehr unter uns sind, vor allem Francis.«

Sie liest in meinem Gesicht, spricht aber weiter. »Muss nichts Aufwendiges sein. Nichts irgendwie Formelles, überhaupt nicht. Ganz schlicht, ein einfaches Abendessen. Wir könnten ein paar von denen einladen, die Francis gekannt haben.«

»Die meisten sind weggezogen«, sage ich. »Andere … Das ist zehn Jahre her. Die Leute wollen, dass es weitergeht im Leben.«

»Aber Fragen kostet nichts. Sie können ja Nein sagen. Außerdem würden vielleicht auch andere gern kommen. Jüngere. Kids, die heute ihre eigenen Probleme haben.«

»Das glaube ich nicht, Aisha. Meine Mutter braucht keinen Haufen fremder Leute im Haus.«

»Das wären keine fremden Leute. Sondern welche, die ich kenne. Kids aus Stadtteilen wie unserem. Ein paar ausländische Studierende von einem Campus in der Stadt. Einfach Menschen, die versuchen, die Dinge zu verstehen.«

»Das können sie auch woanders. Tut mir leid, Aisha, aber das kann ich nicht zulassen. Das wird nicht funktionieren.«

»Deiner Mutter würde es guttun. Und dir auch.«

»Sag mir nicht, was gut für uns wäre, Aisha.«

»Du weißt, wie schlecht es ihr geht, Michael, oder? Wie sie den Faden verliert, Aussetzer hat. Als du gestern bei der Arbeit warst, haben wir von den ehemaligen Nachbarn gesprochen, und auf einmal hat sie sich entschuldigt und angefangen, nach irgendwas zu suchen, konnte mir aber nicht sagen, wonach. Am Ende ist sie draußen rumgelaufen, immer noch auf der Suche. Sie wollte über die Avenue rüber, hat sich nicht mal umgeschaut. Ich musste ihr laut hinterherrufen, sie soll zurückkommen und warten.«

»Sie wird älter …«

»Das hat nichts mit dem Alter zu tun, das weißt du genau. Deine Mutter ist so, weil sie noch trauert. Oder weil sie unfähig ist zu trauern. Zehn Jahre, und sie kann es immer noch nicht akzeptieren. Sie steckt fest.«

Ich weiß, dass Aisha von »anhaltender Trauerstörung« spricht. Ich habe den Begriff von Ärzten gehört, habe in Büchern aus der Bibliothek darüber gelesen. Es gibt Menschen, die nach einem Verlust an ihrer Trauer ersticken. Die im Leben nicht mehr vorankommen, weil sie in der Vergangenheit keinen Sinn erkennen. Sie verlieren die Orientierung, hängen in Erinnerungsschleifen, bestürmt von Wachträumen, Halluzinationen. Das muss mir niemand erklären, aber Aishas Gesicht erinnert mich daran, dass auch sie trauert. Ich atme aus. Ein unverbindliches Nicken.

»Ich werde darüber nachdenken«, verspreche ich. »In letzter Zeit schafft sie es ganz gut. Ich möchte ihr nicht alles noch schwerer machen.«

Am nächsten Tag ist es dann passiert. Aisha und ich haben einen kleinen Morgenspaziergang gemacht, und als wir zurückkommen, ist das Haus leer. Ich beruhige Aisha, aber zehn Minuten später klopft es schüchtern an der Tür, ich mache auf, ein Nachbarsjunge steht vor mir, Sivi.

»Deine Mutter«, sagt er, »sie ist im Valley. Sie hat keine Schuhe an.«

Ich schlüpfe schnell wieder in meine Jacke und in die Schuhe, vermeide es, Aisha in die Augen zu sehen. Wir gehen die Avenue hinunter bis zum Anfang der Brücke. Wir steigen über die Leitplanke und suchen die Stelle ab, bis wir den Kaninchenpfad gefunden haben, verborgen zwischen jungen Bäumen, vertrocknetem Gestrüpp, Papier- und Plastikmüll. Wir schlagen uns durch die Büsche und die niedrigen Äste, rutschen die glitschige Blätterpampe hinunter. Bald lassen die Geräusche des Verkehrs nach, wir tauchen aus der Stadt ab und gehen über einen stillen gepflasterten Weg, zwischen den Skeletten der Bäume her, die Äste sind kahl und dunkel und nass.

»Ich weiß, wo sie ist«, sage ich zu Aisha.

Ein Stückchen abseits des Wegs, nur ein paar Schritte durchs Unterholz, ist eine Lichtung am Bach. Wegen der

Schneeschmelze ist das Wasser höher und schneller als sonst. Und da steht Mutter, etwa drei Meter vom Ufer entfernt. Nichts zwingt uns, sofort zu ihr zu gehen, kein Grund zur Eile, ich bleibe mit Aisha auf Abstand. Das Sonnenlicht ist schütter, aber hell. Das Wasser im Bach ist bräunlich und oliv und fließt mit einem freundlichen Gluckern über die glatten grauen Steine. Mähnen von Moos wehen unter Wasser. Am Ufer blühen schon ein paar Blümchen, pastellblau, miniklein. Mutter geht auf sie zu, hebt wegen der Disteln ihren Rock an und steht schließlich direkt am Ufer. Sie bückt sich und greift nach den Blütenblättern, nimmt sie zärtlich in die Hand.

Die Brückenpfeiler sind an dieser Stelle überzogen mit Graffiti, Tags und Bildern, Gesichtern von Menschen, wie sie im Park leben, und weiter oben, in dem keilförmigen Schutz unter dem Straßenniveau, liegt eine fleckige Matratze, daneben Spuren von einem Feuer und zerdrückte Konserven- und Bierdosen. Aisha sagt keinen Ton. Ich schaue zu ihr, sehe Lichtsprenkel auf ihren Armen, hingetupft von der Sonne durch die sich wiegenden Bäume. Lichtmünzen auf ihrem Gesicht.

»Manchmal steigert sie sich hinein«, sage ich leise. »Das ist nicht immer so.«

Mutter hat jetzt gemerkt, dass wir da sind. Sie dreht sich um und zupft den Kragen ihres Wintermantels zurecht. Am Saum ihres Rocks sind feuchte Flecken, sie versucht ihre bloßen Füße vor unseren Blicken zu verbergen, die Zehen sind voll schwarzem Schlamm. In der Hand hält sie einen kleinen blauen Blumenstrauß, ein helles Blau, eine unsagbar schöne Farbe. Einzigartig.

Zwei Tage nachdem Francis gegangen war, wachte ich spät auf, meine Sachen waren durchgeschwitzt. Ich kam schwindlig auf die Beine, blinzelte an gegen das Licht. In der Küche warf ich einen Blick in die Schränke. Eine Zeit lang hatte Francis zumindest Milch und Saft mitgebracht, manchmal Obst und hin und wieder Hähnchen oder Fisch. Aber jetzt, wo er weg war, war alles leer. Das letzte Stück Butter lag vergessen in der hereinscheinenden Sonne und überzog den Teller mit einem leuchtenden Gelb für die Ameisen. Ich sah im Kühlschrank nach: eine Vierteltüte Milch, schon sauer, gegen die Hitze kam das Gerät nicht an. Das einzige richtige Essen war eine Tupperdose mit Reis und Erbsen, offenbar so alt, dass es nicht mehr genießbar war. Eine leere Saftkanne, eine Flasche Pfeffersoße. Ein Glas Gewürzgurken. Ich fischte eine Gurke mit den Fingern heraus und biss hinein.

Die frühe Nachmittagssonne hatte sich um die Häuser geschwungen und flutete jetzt ins Wohnzimmer. Ich zog vorsichtig die Vorhänge zu und trank ein Glas Wasser mit ein paar Löffeln Zucker, damit es nach etwas schmeckte.

Es lief mir aus allen Poren, als wäre ich ein Nudelsieb. Ich dachte, ich könnte mir irgendwelche Spielshows ansehen, aber dafür war es viel zu heiß, also ließ ich kaltes Wasser in das Waschbecken im Bad laufen und steckte meinen Kopf hinein. Dann wollte ich die Vorhänge zurechtziehen, und als ich hinaussah, fielen mir an ein paar Wohnungen gegenüber die Fenster auf, vielleicht war das ja die Lösung. Ich holte Alufolie aus der Küche und klebte sie in Streifen an die Fenster, die Knitterfalten glättete ich mit der flachen Hand. Auf der Folie Schlieren von meinem Schweiß.

Ich schaute mir gerade Trickfilme an, als Mutter von der Arbeit kam. Sie sah völlig fertig aus. Sie warf einen Blick in den Kühlschrank, hielt das Gurkenglas gegen das ungewohnt gedämpfte Licht und betrachtete die in der Flüssigkeit wirbelnden Gewürze, eine Augenbraue hochgezogen, als würde sie Berechnungen anstellen.

»Nur das?«, fragte sie.

»Nur was?«

»Ist das alles, was du heute zu essen gedenkst?«

»Ich habe gar keinen Hunger.«

Ihr Blick fiel in das abgedunkelte Zimmer. Und dann sah sie es, sah, was ich mit den Fenstern gemacht hatte.

»Was ist das?«, fragte sie.

»Alufolie.«

»Das sehe ich selbst. Was hat die da zu suchen?«

»Ich habe sie drangemacht, damit sie die Sonne reflektiert.«

Zu den Cartoons im Fernsehen ertönte klassische Musik. Mutter starrte mich an.

»Sehe ich so aus?«, fragte sie, ihre Stimme klang nervös, unsicher. Wieder wedelte sie mit den Händen in Richtung der Fenster. »Nach einer Frau, die Alufolie an ihre Fenster klebt? Nach einer Frau, die vor aller Welt Reklame macht für ›Alufolie‹?«

»Die Idee ist nicht schlecht. Andere Leute tun das auch.«

»Bin ich andere Leute?« Ihre Stimme pumpte sich auf. »Das heißt, du stehst da, siehst deine Mutter, deine eigene Mutter, und denkst, sieh an! Meine Mutter! Genau wie die anderen!«

Ich wusste nicht, was ich antworten sollte. Am besten gar nichts. Als ich zu ihr hinsah, hatte sie sich nicht gerührt. Sie hielt immer noch das Gurkenglas in der Hand. Wieder Musik aus dem Fernseher, das verrückte Kaninchen flüchtet, die Beine verschwommene Propeller.

An der Wand hinter mir zerbarst etwas, Scherben flogen durchs Zimmer. Dann Stille. An meiner Oberlippe war es feucht, und ich leckte vorsichtig mit der Zunge darüber, ich befürchtete, es wäre Blut. Der Wurf hatte Mutter Kraft gekostet, und sie richtete sich wieder auf, schaute an die Wand, auf das glänzende Muster, die Scherben am Boden.

»Hast du dich verletzt?«, fragte sie.

»Alles okay.«

»Und das da, in deinem Gesicht?«

»Nur Gurkenwasser.«

Die Kühlschranktür war noch offen, und sie sackte gegen den Griff, das Kinn seltsam zum Hals hin verdreht. So blieb sie einen Moment stehen, dann atmete sie aus und blinzelte, als wäre sie gerade aufgewacht. Sie schaute tief in den Kühlschrank, kratzte mit dem Fingernagel über einen Fleck am Gemüsefach. Schüttelte den Kopf, auf ihrem Gesicht der Schimmer des Lämpchens.

»Riechst du das?«, fragte sie. »Den Dill?«

Am Abend erzählte mir Aisha in der Bibliothek, dass man Goose aus der Intensivstation entlassen hatte. Ihr ging es schon viel besser. Sie hatte eine seltene Blutgruppe, was sich herumgesprochen hatte, und aus der ganzen Stadt hatten sich Spender gemeldet. Aisha verstummte. Vor ihr lag ein Buch, das aussah wie ein Lehrbuch der Algebra. Aber so wie sie auf die Gleichungen starrte, schien es ihr nicht darum zu gehen, sie zu lernen, sondern zu bezwingen. Ich beschloss, den Asphaltbrocken, den sie auf die Scheibe des Polizeiwagens geschmissen hatte, lieber nicht zu erwähnen. Stattdessen saß ich still da und sah die Zeitungsartikel über die Schießerei durch.

Es gab neueste Meldungen, Kommentare, Leserbriefe. Was Goose hatte erleiden müssen, machte viele Menschen wütend. Die einen forderten, dem Verbrechen den Kampf anzusagen, andere gingen sehr viel weiter. Ein Kolumnist schrieb in altbackener, gestanzter Sprache über »Einwanderer« und »ethnische Viertel« und davon, »die Leute dorthin zurückzuschicken, wo sie herkommen«, dabei wussten die meisten im Park, dass die Verdächtigen alle im Umland aufgewachsen waren. Sofort ins Auge sprang mir jedoch ein Foto von Anton mit dem Hinweis, dass der Erschossene polizeibekannt gewesen sei. Es war eins dieser Highschool-Fotos, die für viele von uns immer in die Hose zu gehen schienen. Der Fotograf hatte nicht den richtigen Hintergrund gewählt oder die Kamera nicht auf die Lichtverhältnisse eingestellt, und so zerflossen die Konturen von Antons Gesicht und seinem Haar in dem Marineblau dahinter. Stählerne Augen, der Mund wie aufgeschraubt.

Was wusste ich von Anton, diesem Jungen, um den nur wenige trauern würden? Er hatte im Park gewohnt, in einer Anlage mit niedrigeren Häusern, die buchstäblich im Matsch versanken. Dort teilte er sich eine Zweizimmerwohnung mit seinen Eltern, zwei Brüdern und drei Schwestern, es war ein ewiges Gerangel um Platz auf einer Fläche, die kaum an ein normales Wohnzimmer heranreichte. Die meiste Zeit schien er auf sich selbst gestellt unter freiem Himmel zu leben. Er hatte nie die richtigen Sachen gegen Kälte und Regen, und genauso wenig blieb verborgen, dass er zur Essenszeit nie nach Hause ging oder dass er noch nie beim Zahnarzt war. Von früh bis spät konnte man ihn auf der Bank im Hof hinter unserem Haus antreffen, wo er mir, wenn ich vorbeikam, laut feixend Gewalt androhte.

Es gab für mich wirklich keinen Grund, Anton zu mögen. Allerdings hatte ich einmal gesehen, wie seine Welt ihn brutal in die Zange nahm. Eine Horde Männer von außerhalb machte Jagd auf ihn und erwischte ihn auf einem Gelände nicht weit vom Park, wo es so düster war, dass sie sich austoben konnten. Sie schlugen auf ihn ein, bis er aus Nase und Mund blutete, traten ihm immer wieder mit ihren Stiefeln gegen die Beine und in den Bauch. Das Ende bekam ich aus der Ferne mit, wahrscheinlich als Einziger, denn es war kaum etwas zu hören, Anton rief nicht einmal um Hilfe. Die Angreifer krönten ihr Werk, indem sie ihm die Klamotten vom Leib rissen und ihn halb nackt liegen ließen.

Ich ging vorsichtig auf ihn zu, und als ich herankam, hörte ich, wie er weinte. Er hatte die Hände über den Augen, in der Kehle ein pfeifendes Röcheln, das Gesicht verzerrt, die Tränen kaum zu unterscheiden von dem Matsch, in dem er lag. Als Anton mich sah, wandte er das Gesicht ab, aber dann tat er so, als würde er lachen, seine Schluchzer jetzt ein Kichern, das Lachen wirkte fast echt. Ich machte mir Sorgen, ärgerte mich aber auch, und schließlich fragte ich, was zum Teufel daran so lustig sei. Anton schüttelte den Kopf, versuchte unter dem immer wieder aufwallenden Lachen zu Atem zu kommen und seine Stimme wiederzufinden. Er konnte es nicht sagen, wollte es nicht erklären. Ein Scherz, sagte er, ein blöder Witz, viel zu dreckig für so eine kleine Bitch wie mich.

»Hast du Francis schon gesehen?«, fragte Aisha und holte mich zurück in die Bibliothek.

»Noch nicht«, sagte ich.

»Und wie geht's deiner Mutter?«

»Na ja. Ganz gut.«

Sie nickte und las weiter in ihrem Buch. Ich hatte nicht vorgehabt, ihr von Mutters Ausraster zu erzählen, aber als ein paar Minuten später die Deckenbeleuchtung an- und ausging, Hinweis auf die baldige Schließung, überlegte ich es mir anders, und beim Rausgehen erwähnte ich so beiläufig wie möglich die Sache mit dem fliegenden Gurkenglas.

»Das musst du Francis erzählen«, sagte Aisha.

»Wahrscheinlich ist er bei seinen Freunden im Desirea's.«

»Und? Warum gehst du nicht hin?«

»Ich bin noch nie dort gewesen. Er hat mich nie mitgenommen.«

»Er ist dein Bruder. Oder brauchst du eine Extra-Einladung?«

Ich ging allein die Avenue hinunter bis zur Kreuzung Lawrence und Markham. Tagsüber war es in der Gegend immer trubelig, aber jetzt, kurz nach Sonnenuntergang, waren selbst die kleineren Läden geschlossen, die Schaufenster dunkel und leer. Der Parkplatz an der Straße lag im hellen Schein der Laternen, trotzdem wirkte er gespenstisch.

Ein Polizeiwagen fuhr vorbei. Blaulicht an, aber ohne Sirene.

Der Barbershop befand sich im hinteren Teil des Einkaufszentrums, im weniger attraktiven Flügel. Hier war alles nicht so gut beleuchtet. Die Schaufenster der billigeren Läden hatten Sprünge oder waren verrammelt. Ich kam an einem rostigen orangen Müllcontainer vorbei, eine schmierige Suppe floss heraus und lief in einen Gully. Ölige Wasserpfützen, Müllgestank.

Ein Laden schien offen zu sein. Wummernde Musik drang heraus, fast schon Krach. Es gab kein Schild, das auf irgendwelche angebotenen Dienstleistungen oder Waren hinwies, am Eingang hing auch keiner dieser spiraligen Barbierpfosten. Die Fenster waren tapeziert mit Plakaten für Konzerte und Tanzveranstaltungen und Partys, ein einziger Wust, als ginge es darum, die Leute zu verwirren und nicht zu informieren.

»Mach die Tür zu, Idiot!«, rief eine Stimme. »Die Klimaanlage.«

Wer über die Schwelle des Desirea's trat, stand in einem dichten Dunst von Gerüchen: Körperwärme, Parfüms und Haarpflegeprodukte, vereint zu einer geballten Ladung, kompakt in der Nase, wächsern auf der Zunge. Dazu ein Mix aus Klängen und Rhythmen, immer wieder angehalten und neu gestartet, ein so tiefer und schwerer Bass, dass man ihn im Kiefer spürte.

»Hey, Dru«, hörte ich eine Stimme. »Sag diesem Fatz, wir sind bis Mitternacht ausgebucht.«

Ein Dutzend junger Männer saß auf rissigen Plastiksofas oder ramponierten Stühlen. Sie trugen weite Jeans und bedruckte Shirts; Baseballkappen mit flachen Schirmen, zur Seite gedreht; das Haar hochgestylt oder glatt nach hinten; Durags oder Fades mit einrasierten magischen Mustern. Ich erkannte Dru, den dicken Besitzer des Ladens. Er stand bei einem Frisörstuhl und schnitt einem Kunden die Haare. Der ließ seine gefaltete Zeitung sinken und schaute zu mir herüber. Wieder dieses Foto von Anton. Dru wedelte mit der Haarschneidemaschine in meine Richtung und brüllte über die Musik hinweg.

»Hast du nicht gehört, kleiner Mann? Heute Abend nur mit Termin.«

»Der Junge braucht einen Schnitt, Dru. Sieh dir die Schrottfrisur an!«

»Warte, hol mal jemand Francis. Das ist doch sein Bruder, oder?«

In dem Moment erklang eine andere Musik, und mein Blick fiel auf die Plattenteller in der Ecke. Dahinter stand, umgeben von gelben Milchkisten mit Platten und voll konzentriert auf die sich drehende Scheibe, Francis' Freund Jelly, wie abgetaucht in eine eigene Welt, so hatte ich ihn noch nie gesehen. Während er die Plattenteller nicht aus den Augen ließ, zog er aus einer der Kisten eine Platte, setzte die Nadel auf, knipste Schalter an, hielt sich, die Schulter hochgezogen, einen Kopfhörer ans Ohr. Die Backbeats änderten sich, und der Raum war eine einzige hohe, schmerzerfüllte Stimme, eine Frauenstimme vielleicht oder eine Männerstimme, verlangsamt unter der Reibung seiner Hand, kaum noch als menschliche Stimme zu erkennen. Eine Wehklage über dem fast ohrenbetäubenden Rhythmus.

Francis erschien und führte mich in einen Raum im hinteren Teil des Ladens. Ein Bettlaken hing vor dem kleinen Fenster, und außer Putzmitteln, Fahrradteilen, einem kaputten Frisörstuhl und weiteren Milchkisten mit Schallplatten sah ich ein paar zum Trocknen aufgehängte Anziehsachen von ihm und eine Pritsche, offenbar sein Bett. Mit grimmiger Miene schaute er mich an. Ich war unangemeldet aufgetaucht, aber als ich ihm von der Alufolie erzählte, dem Gurkenglas und Mutters Ausraster, wurden seine Gesichtszüge sanfter. Er sagte, er würde mir ein bisschen Geld geben, zum Einkaufen, und fragte, ob ich an dem Tag schon etwas gegessen hätte. Ich schüttelte den Kopf.

»Okay«, sagte er. »Bin gleich wieder da.«

Er ging zu Jelly, und während sie sich unterhielten, stand ich in der Tür und konnte mir Francis' Freund zum ersten Mal richtig ansehen. Er war dünn, sehr dunkel, mit einem zwiebelbraunen Fleck an der Schläfe, der Umriss wie von einem vergessenen Kontinent. Sie steckten die Köpfe zusammen und flüsterten. Jelly gab meinem Bruder einen Schlüsselbund, dann zogen sie die Handflächen aneinander vorbei und verhakten die Finger und umarmten sich und blieben so stehen, und als sie sich lösten, waren dort, wo ihre Körper sich berührt hatten, Schweißflecken. Jelly merkte, dass ich sie beobachtete, und grüßte mich mit einer Kinnbewegung.

»Komm schon«, sagte Francis. »Gehen wir.«

Wir verließen den Laden und gingen zu einem alten Honda Cabrio mit offenem Verdeck. Die Radkappen fehlten, auf mindestens einem Drittel der Karosserie war der Lack ab. Francis stieg ein und startete, das alles sehr behutsam, jeder Handgriff wohlüberlegt. Ich zögerte erst, doch dann zog ich die Beifahrertür auf und setzte mich hinein. Ich wollte mich schon anschnallen, aber als ich Francis' Stirnrunzeln sah, ließ ich es bleiben. Francis drehte noch einmal den Zündschlüssel, obwohl der Motor schon lief, worauf das unheimlichste Geräusch ertönte, das ich in meinem Leben gehört habe, wie das Kreischen eines Flugsauriers. Er sagte, ich solle nicht so glotzen, sonst würde überhaupt nichts klappen, und dann konzentrierte er sich wieder und legte den ersten Gang ein und trat aufs Gaspedal. Ein scharfer Brandgeruch stieg mir in die Nase. Francis löste die Handbremse und versuchte es ein weiteres Mal.

»Wem gehört der?«

»Mir und Jelly«, sagte er.

»Ihr habt den Wagen gekauft?«

»Gekauft, klar. Was sonst?«

»Wann hast du Autofahren gelernt?«, fragte ich und schaute wieder zu ihm hinüber.

»Sei still! Du lenkst mich ab.«

»Hast du einen Führerschein?«

»Habe ich. Jetzt halt endlich die Klappe!«

Nach ewigem Vor und Zurück verließen wir den Parkplatz. Wir fuhren hinter dem Einkaufszentrum entlang, und nachdem wir über einen Bordstein gerumst waren, ging es die Avenue hinunter, der Arm meines Bruders hing angeberisch über dem Türrahmen. An einer Ampel legte er eine Vollbremsung hin und kam ins Schleudern, und als er einmal einem Bekannten auf dem Bürgersteig zuwinkte, scherte der Wagen gefährlich aus, ein entgegenkommendes Auto hupte wie wild.

»Licht an?«, fragte ich leise.

»Finde ich noch.«

Wir hielten bei einem Lebensmittelladen und kauften ein paar Dosen Bohnen und Thunfisch, außerdem Reis, Kondensmilch und einen Beutel Äpfel. Wir legten alles in den Kofferraum, aber statt nach Hause fuhr Francis weiter nach Westen, bog irgendwann von der Lawrence ab und auf den Parkplatz des Steak Queen. Mittlerweile regnete es leicht, weshalb Francis schneller einparken musste, als er konnte. Immer wieder rein und raus aus der Parklücke, bis er den Motor schließlich abstellte, der Wagen stand nach wie vor ziemlich schief, an der Stoßstange des Nachbarautos waren kleine Kratzer, hoffentlich merkte es niemand.

Im Restaurant bestellte Francis für uns ein richtiges Festessen. Zwei Steaks im Brötchen *plus* zwei Burger, dazu Pommes und Zwiebelringe, zwei Milchshakes de luxe, üppig gekrönt mit Schlagsahne und Kirschen und einem Extraschuss Sirup. Er bestand auch auf großen Portionen Salat mit italienischem Dressing, »wegen der Vitamine«. Angesichts der Bestellung und unseres Aussehens schien der Mann an der Kasse Bedenken zu haben, aber dann legte Francis das Geld hin, alles in kleinen Scheinen und Münzen, es reichte sogar für ein Trinkgeld.

Wir setzten uns und warteten auf das zubereitete Essen. Ein alter Mann saß allein an einem Tisch, vor sich nur einen Pappbecher. Ein paar Tische weiter teilten sich drei ältere Mädchen einen Eisbecher, ich kannte sie aus dem Park. Sie hatten modellierte Fingernägel und leuchtende Strähnchen im Haar, und wenn sich ihre Blicke auf einen richteten, konnte man fast Angst kriegen, so attraktiv waren sie. Sie schauten zu Francis, und der nickte höflich, trommelte aber nervös auf den Tisch.

Wir sagten nichts, hauten lustvoll rein, bis nur noch ein paar Pommes übrig waren. Wir dippten sie in Ketchup und lutschten an den Enden. Ich beobachtete den Mann, der hinter der Theke den Grill bediente. Er saß jetzt auf einem Hocker, die Arme vor sich verschränkt, die Augen geschlossen. Es war schwer, nicht Mitleid mit ihm zu haben, wie er dort saß und sich ein Zipfelchen Schlaf gönnte und ansonsten alt wurde in dem beißenden Rauch, während man ihm die Bestellungen zurief.

»Dein Freund Jelly«, setzte ich an, »ist der DJ oder so? Scheint ein cooler Typ zu sein, selbst mit diesem Spitznamen. Woher eigentlich?«

Francis schüttelte den Kopf. »Also«, sagte er, »du musst dran arbeiten.«

»Was meinst du mit ›dran arbeiten‹? Woran?«

»Na ja, an allem. Wie du im Desirea's reingekommen bist, zum Beispiel. Wie du immer so unsicher guckst. Du musst cooler sein und darfst dir nicht alles gleich ansehen lassen. Du musst dich besser rüberbringen, mal über deinen Look nachdenken. Egal, wie arm du bist. Du kannst immer den Kragen hochschlagen, schon bist du ein bisschen gestylt. Kleinigkeiten. Du kannst immer etwas tun, um der Welt zu sagen, dass du kein Nobody bist. Du weißt nie, wann der Durchbruch kommt.«

Dann schwiegen wir. Ich ertappte Francis dabei, wie er mein Spiegelbild im Fenster betrachtete, aber sofort schaute er weg. Auf der Straße fuhr ein Auto mit voll aufgedrehten Boxen vorbei, das Fahrgestell gepimpt mit Lichtern, auf dem Asphalt ein violettes Gespenst.

»Ich bringe dich zu Dad«, sagte er leise, wie zu sich selbst, die Worte schienen in der Luft zu schweben.

• • •

Unser Vater war der Mann auf dem unscharfen Foto, viel mehr nicht. Mutter sprach nur ungern von ihm, und selbst als kleine Kinder hatten wir verstanden, dass es Dinge aus der Vergangenheit gab, bei denen man besser nicht nachbohrte. Allerdings erzählte sie Francis, wie unser Vater sich abrackern musste, als er in dieses Land kam. Tagsüber studieren und nachts Teller waschen, das war nicht einfach. Manche Leute wollten Menschen wie ihm keine Wohnung vermieten. Manche Leute wollten Männer wie ihn nicht einstellen, fair bezahlen oder befördern. Unzählige Demütigungen musste einer *wie er* über sich ergehen lassen. Das war der Preis, erklärte sie, irgendeinen Preis musste man zahlen. Sie war nicht immer so verständnisvoll. Als Francis einmal fragte, was unser Vater denn studiert habe, reagierte sie scharf und drückte sich auf eine Weise aus, wie wir es zu Hause sonst nie hörten. »Studiert? Was ein Mann im Leben braucht«, sagte sie. »Und dann hat dieser Scheißkerl hingeschmissen.«

Aber für Francis und mich war unser Vater auch eine besondere Chance, er bot uns einen größeren Raum für Spekulation und Fantasie, als es den meisten Kindern gegeben war. Unser Vater konnte alles sein. Und von klein auf hatte Francis seine eigene Theorie. Unser Vater, verkündete er mir eines Tages, sei »Komponist«.

Ich fragte mich, warum Komponist, warum nicht jemand, der sang oder ein Instrument spielte. Aber ich drang nicht auf eine Erklärung. Schon als Kinder hatten wir gelernt, nachsichtig mit den Hoffnungen und Träumen der anderen umzugehen.

»Wir kennen unseren Vater nicht«, sagte ich.

»Wir brauchen ihn nicht zu kennen. Er ist unser Vater.«

»Wir wissen überhaupt nichts über ihn. Nicht mal, wo er wohnt.«

»Ich habe es herausgefunden. Er wohnt hier in Scarborough.«

»Wie hast du das geschafft?«

»Ich habe Leute gefragt.«

»Wann das? Warum hast du mir nichts gesagt?«

»Ich sage es dir jetzt.«

»Wo in Scarborough?«

»Er wohnt im Oberlin, einem Mietshaus nördlich vom Highway.«

»Das ist zu weit weg«, sagte ich.

»Wir haben einen fahrbaren Untersatz, schon vergessen?«

»Wir können nicht einfach bei ihm aufkreuzen. Das ist zu lange her. Unser ganzes Leben …«

»Siehst du?«, sagte er. »Genau das meinte ich. Etwas nicht zu versuchen, nicht daran zu glauben. Ich sage ja nicht, dass er alle Probleme für uns lösen wird. So blöd bin ich nicht. Ich sage nur, dass wir mal miteinander reden sollten. Warum nicht probieren?«

Der Niesel hatte sich zum Regen gemausert. Das Licht der Laternen spiegelte sich auf dem nassen Schwarz der Straße, mit einem lauten Zischen rauschten die Autos dahin. Nach ein paar Blocks wurde der Regen kalt, und die Tropfen schlugen uns ins Gesicht. Ich fragte Francis, ob er nicht das Verdeck schließen könne, aber er wusste nicht, wie. Er fummelte an den Schaltern und schaffte es immerhin, die Scheibenwischer einzuschalten, fuhr dann aber über eine rote Ampel, ein anderes Auto musste schlitternd eine Vollbremsung machen und wäre beinahe in uns gekracht.

»Okay«, meinte er. »Das war knapp.«

»Das ist doch verrückt«, sagte ich. »Lass uns nach Hause fahren.«

»Entspann dich, ja? Du machst mich noch wahnsinnig.«

Der Regen übertönte alle anderen Geräusche, und manchmal war vor uns praktisch nichts zu sehen. Wir waren beide klatschnass, aber Francis fuhr stur weiter, schaute sich immer wieder um, geleitet von einem unsichtbaren Stadtplan.

Eine Erinnerung an unseren Vater flackert vor mir auf, eine Erinnerung an Musik und Tanz. Ich war noch sehr klein, und es war Winter, glaube ich, denn durchs Fenster fiel ein kaltes weißes Licht. Jemand zeigte mir einen Plattenspieler, die schwarze Scheibe drehte sich, und eine dunkle Hand setzte die Nadel überaus vorsichtig in eine etwas breitere Rille. Das war der Anfang des allerschönsten Lieds, eines heiteren Lieds, immer wieder fielen die Blechbläser ein. Unsere Eltern tanzten zu dieser Musik auf eine so witzige wie fröhliche Weise, sie hatten sich untergehakt und wirbelten herum, fast hätten sie Tische und Stühle mitgerissen, Francis reckte seine dünnen Ärmchen zu ihnen hinauf.

Ich erinnere mich, wie jemand ihn hochhob und ebenfalls herumwirbelte. Erinnere mich, dass auch ich herumgewirbelt wurde. Ein sich drehendes Zimmer mit einer abblätternden gelben Tapete. Und das flüchtige Bild vom Gesicht meines Bruders, dann noch mal und noch mal. Zwischen Freude und Bangen. Auf Zehenspitzen, die Ärmchen hochgereckt.

»Ich bin dran«, rief er immer wieder.

Später fragte ich mich, ob ich mich wirklich an diese Szene hätte erinnern können. Ich wäre damals kaum älter als ein Jahr gewesen. Wie war es möglich, dass ich die abblätternde Tapete vor mir sah, aber nicht das Gesicht von Dad? Und warum hatten sie getanzt, schließlich hatte unsere Mutter so etwas all die Jahre nie wieder gemacht?

Der Regen hatte aufgehört zu prasseln, und wir konnten jetzt klarer sehen. Wir fuhren im Schneckentempo durch Straßen, die für mich alle gleich aussahen.

»Da«, sagte Francis. »Das ist die Straße. Muss gleich da vorn sein.«

Er hielt vor einem der niedrigeren Gebäude, auf einem Schild stand »Oberlin« und »Keine Zimmer frei«. Alles machte einen unfertigen Eindruck, an den Fenstern hingen Laken, keine Vorhänge.

»Ich will nach Hause«, sagte ich.

»Komm schon.« Francis lachte. »Bist du nicht neugierig?«

Wir stiegen aus und liefen tropfnass auf das Haus zu, ein lächerliches Bild. Francis hielt mir die Tür auf, und ich stoppte gleich, wie erstarrt beim Anblick eines großen Typen im Eingangsbereich, vielleicht hatte der Regen ihn hineingescheucht. Francis setzte eine ernste, toughe Miene auf, schob mich rein und kam hinterher.

»Sup«, sagte er zu dem Mann, blitzende Goldzähne grüßten zurück.

Francis schaute mit zusammengekniffenen Augen auf das Klingelschild. Bei den Namen fehlten Buchstaben.

Cha … Fur … dan … Ho … Die meisten waren nicht mal zur Hälfte vollständig, aber Francis suchte die verbliebenen Reste ab, sprach sie laut aus und tippte auf eine Zahl.

»Ja?«, sagte eine Frauenstimme über die Sprechanlage.

»Tut mir leid«, sagte Francis und versuchte es mit einer anderen.

»Ja?«, sagte eine weitere Frauenstimme. »Wer ist da?«

»Tut mir leid«, sagte er. »Falsche Nummer.«

»Haut ab, ihr blöden Blagen. Habt ihr gehört? Geht nach Hause.«

»Tut mir leid«, sagte er noch einmal.

Der Typ hinter uns lachte. »Finden die Bitches nicht nach Hause?«

Francis legte seinen Finger auf den nächsten defekten Namen, »Ico«, und tippte wieder Zahlen in das Tastenfeld. Der Summer ertönte mehrere Male, ehe eine Stimme antwortete.

»Was.« Eine Feststellung, keine Frage. Die Stimme müde, träge. Und Schweigen. Ein Schweigen, das einem sagt, dass jemand zuhört.

»Hallo?«, sagte Francis in die Sprechanlage.

»Ich kaufe nichts«, sagte der Mann am anderen Ende. »Egal was.«

»Nein«, sagte mein Bruder. »Ich will gar nichts verkaufen. Ich bin's nur.«

Stille, Schweigen. Selbst der große Kerl hinter uns blieb stumm.

»Ich bin's«, sagte Francis. »Wir sind's. Deine Söhne.«

Und wir alle, Francis, ich, der Typ im Eingangsbereich,

wir alle warteten darauf, dass jemand etwas sagte. Dass jemand die Sache klärte.

»Dann seid ihr hier falsch«, sagte der Mann, und mit einem Klick war die Verbindung unterbrochen.

• • •

Wir fuhren zurück zum Desirea's. Der Regen hatte aufgehört, die Luft war seltsam ruhig und angenehm. Francis griff ans Armaturenbrett, die Scheinwerfer leuchteten auf.

»Du bist so still«, sagte er.

»Ich denke nach.«

Ich schaute weiter geradeaus. Ich spürte seine Augen auf mir.

»Warum musst du immer so ein Schisser sein«, sagte er.

VIER

Wie ein Gespenst ist er auf einmal da. Sitzt im Wohnzimmer auf dem Sofa und lässt sich von meiner Mutter einen Tee bringen, als wäre es das Normalste der Welt. Er ist genauso dünn wie früher und trägt dunkle, gürtellose Baggy-Jeans, eine karierte Unterhose schaut hervor, die Kapuze über den Kopf gezogen. An der Schläfe prangt der zwiebelbraune Fleck, dieser vergessene Kontinent. Aber er hat sich verändert. Sein Gesicht zeigt nicht nur die Spuren von zehn schwierigen Jahren. Es ist der Verlust, die Schuld. Unübersehbar. Verräterisch.

»Was macht der denn hier?«, frage ich Aisha im Flüsterton.

Wir sind in der Küche, Aisha und ich, und holen noch ein paar Cracker, Zucker, Sahne. Aisha macht zum ersten Mal einen etwas verlegenen Eindruck. »Ich hätte echt nicht gedacht, dass er kommt«, sagt sie. »Ich habe ihm über einen Freund eine Nachricht geschickt. Nicht mal eine richtige Einladung. Ich habe nur vorgeschlagen, uns mal alle zu treffen.« Sie schneidet Äpfel und Käse in dünne Scheiben und legt sie auf die Cracker, darauf einen

Stängel Petersilie. Kanapees! Sie macht einem Jungen wie Jelly *Kanapees*!

»Er ist einfach aufgetaucht, heute Morgen, als du weg warst«, erklärt sie weiter. »Deine Mutter hat ihn reingelassen. Sie haben sich unterhalten.«

Ich schaue mich zu Jelly und Mutter auf dem Sofa um. Eine Unterhaltung sieht anders aus. Nachdem er Mutter von der Sahne angeboten hat, gießt er sich selber ein. Schüttet den Zucker direkt aus dem Schälchen in die Tasse. Ich ertappe ihn dabei, wie er sich ein paar Cracker in die Tasche seines Hoodies steckt. Mutter nippt an ihrem Tee, ein Schlückchen nur, und scheint Jelly eine Frage zu stellen, er nickt, unter der Kapuze hat er noch seine Kopfhörer auf. Ich sehe, dass in der Ecke eine Schaumstoffmatratze liegt. Darauf ein Rucksack.

»Das ist keine gute Idee, Aisha«, flüstere ich. »Ich hatte es dir gesagt. Ich will nicht, dass Mutter belästigt oder noch mehr durcheinandergebracht wird. In ihrer Verfassung.«

»Ist doch nur für kurze Zeit. Er fällt schon niemandem zur Last. Das mit der Matratze hat deine Mutter selbst vorgeschlagen, und hier ist Platz genug. Für ihn ist das okay. Er sagt, er hat schon an ganz anderen Orten gepennt. Er hat nichts, wo er sonst hingehen könnte.«

»Wo war er denn bisher? Was macht er überhaupt?«

»Dasselbe wie wir alle, Michael. Er schlägt sich durch.«

Das alles gefällt mir gar nicht. Ich sehe, wie er die Kopfhörer abnimmt und sie Mutter behutsam über die Ohren stülpt. Er hat immer noch einen Walkman, ein echter Old-School-Freak, und als er auf Play drückt, hört sie zu, ihre Augen werden groß und größer, bei der Lautstärke dringt es bis in die Küche. Mutter schüttelt die Kopfhörer ab, kräuselt das Gesicht, lächelt. Seine Zähne lächeln zurück.

Jelly muss meinen Argwohn gespürt haben, denn kurz nach dem Tee geht er, ohne ein Wort. Durchs Fenster sehe ich, wie er an Mrs Henry vorbeikommt, sie bleibt stehen, starrt ihn an, schüttelt den Kopf und murmelt der unsichtbaren Schar der Seelen, die sie auf ewig begleiten, etwas Missbilligendes zu. Falls Jelly den Tadel gehört hat, ist er so klug, nicht zu reagieren, er geht weiter die Avenue hinunter. Er hat seinen Rucksack mitgenommen, und ich frage mich, ob er jetzt für immer verschwindet. Hätten wir versuchen sollen, miteinander zu reden? Zehn Jahre und kein einziges Wort zwischen uns. Hätte ich ihn wenigstens verabschieden sollen? Die Erleichterung ist größer als meine Schuldgefühle. Aber nach ein paar Stunden kommt er zurück, mit prallem Rucksack und zwei Plastiktüten voller Lebensmittel. Und wieder eine Überraschung.

Jelly kann kochen.

Er bewegt sich geschmeidig zwischen den preisgünstigen Sachen, die er gekauft hat, Tüten mit Gemüse, aber auch Trockenerbsen, Reis, kleine Döschen mit Gewürzen, die er aus dem Rucksack hervorholt. Er hackt wie ein Küchenchef, die scharfe Stahlklinge rattert übers Holz. Bald ist die Küche ein einziges Durcheinander, auf der Arbeitsplatte nicht ein freies Fleckchen, alle Herdplatten an. Mutter hilft jetzt auch mit, sie liest am Küchentisch die Erbsen aus und lässt sie in eine Keramikschüssel fallen, ein Klingklang wie von kleinen Kieselsteinen. Selbst Aisha beteiligt sich, sie bringt Töpfe und Pfannen, wäscht Gemüse in einem großen Sieb am Spülbecken. Ich nehme Blickkontakt mit Jelly auf.

»Ist das Bodi?«, frage ich.

»Nicht gekriegt«, sagt er. »Nur grüne Bohnen.«

»In ein paar Minuten können wir essen«, sagt Aisha. »Stimmt's, Jelly?«

Er nickt und kippt ein Schneidebrett voll gehackter Zwiebeln, Knoblauch und Chilis in das heiße Öl auf dem Boden eines gusseisernen Topfs. Sofort zischt und knistert es, und die Küche ist bald erfüllt von einem Duft, der zugleich aromatisch ist und butterig und streng. Ich hatte schon immer eine Schwäche für gebratene Chilischoten, vor allem Scotch Bonnets, und mir steigen die Tränen in die Augen. In meinem Hals ist ein Kribbeln, ich versuche es runterzuschlucken, halte die Luft an, aber das Ergebnis ist ein lauter, rotziger Hustenanfall. Aisha und Mutter lachen, Jelly macht ein aufrichtig besorgtes Gesicht.

»Die Haustür vielleicht ein Stück auf?«, sagt er.

»Schon gut«, sage ich und ringe nach Luft. »Muss sowieso gleich los.«

Mich erwartet eine weitere kostbare, weil lange Schicht im Easy Buy, und ich halte mich ran, damit ich pünktlich hinkomme. Alle möglichen Jobs sind zu erledigen, Paletten wollen entladen werden, Lebensmittel verpackt, Verschüttetes in den Gängen aufgewischt. Mr Mississauga arbeitet auch wieder mit, und Manny sagt, wir sollen, bevor wir am Abend gehen, noch die fünf Paletten hinter der Tiefkühlabteilung entladen. Wir reißen uns den Arsch auf und schaffen es, aber dann kippt uns kurz vor Schichtende eine voll gestapelte Palette Cola um, und ein paar Dutzend Packs krachen herunter und schiffen ihre klebrige Soße auf den Boden. Die ganze unbezahlte halbe Stunde, die wir die Sauerei aufwischen, schaut Mississauga zu mir und zieht die Luft durch die Zähne. Als ich mich in der Personalumkleide umziehe und schon gehen will, stellt Manny mich zur Rede. Aber nicht wegen der Cola.

»Du hast einen Gast zu Hause, habe ich gehört«, sagt er.

»Wir sind befreundet. Sie ist nur zu Besuch.«

»Nicht das Mädchen, du Schlaukopf. Den Kopfhörer-Homie meine ich.«

»Ach, der«, sage ich und höre die Verärgerung in meiner Stimme. »Er war ein Freund meines Bruders. Haben deine Leute im Park nichts Besseres zu tun, als mir hinterherzuspionieren?«

Und schon legt er wieder los. Warnt mich vor dem *Gelumpe*. Diese Typen würden alle möglichen Probleme anziehen. Mir ist nicht nach Vorträgen zumute, meine Ungeduld muss mir anzusehen sein, außerdem wird aus Mannys Botschaft jetzt eine klare Drohung. Er könne niemanden beschäftigen, der mit Kriminellen verkehre, mit verkommenen Subjekten. Ich nicke, verlasse die Umkleide und haste durch die leeren Gänge des Easy, dabei weiß ich genau, dass ich mit dieser demonstrativen Haltung meinen Job riskiere. Manny folgt mir und fragt mich, ob ich mir selbst überhaupt etwas bedeute. Als ich in die Kälte hinaustrete, bleibt er an der Schiebetür stehen.

»Hast du jemals über deine Zukunft nachgedacht?«, ruft er mir hinterher.

Ein paar Stunden oder auch länger laufe ich immer wieder um den Block, versuche nachzudenken, versuche die Gefühle in mir irgendwie zu benennen. Ich patsche durch den Schneematsch, gebe nichts auf die Kälte und die Nässe. Mindestens ein halbes Dutzend Mal gehe ich über die Lawrence Avenue Bridge, hin und zurück, Autos spritzen mich voll. Meine Füße sind taube Stümpfe.

Als ich mich auf den Rückweg mache, ist in meinem Kopf nur noch Nebel, trotzdem erkenne ich, nicht weit von unserem Haus, den geparkten Polizeiwagen. Ich öffne die Tür und sehe, dass das Wohnzimmer voller fremder Menschen ist, die Küche auch, die meisten sind noch jung, sie stehen schweigend da. Ich schaue mich nach Mutter um, kann sie aber nirgends finden. Sekunden später bemerke ich die beiden Gestalten in Uniform. Plötzlich ganz nah, unwirklich, wie im Traum.

»Bist du Michael?«, fragt eine der Uniformen.

Die Uniform ist eine Frau, kurzes blondes Haar, grüne Augen. Sie ist jung, vielleicht Mitte bis Ende zwanzig. Ihr Name ist Bev, und tatsächlich kenne ich sie. Sie ist ein bekanntes Gesicht im Park. Ich habe gesehen, wie sie auf einen betrunkenen Mann eingeredet hat, als eine Auseinandersetzung leicht in Gewalt hätte ausarten können. Habe gesehen, wie sie mit einigen Teenies geplaudert hat, sich richtig mit ihnen unterhalten, nicht um etwas aus ihnen herauszukriegen. Sie weiß, wie man die Dinge anpackt. Sie ist ein guter Cop, aber im Moment hilft mir das nichts. Meine Nerven, jeder einzelne, sind hellwach. Ich rieche Leder und das starke Deo ihres Kollegen, der einen Meter weiter steht. Höre das Knirschen, sobald sich ihre Haltung minimal verändert. Vielleicht kommt das von der Ausrüstung an ihrem Gürtel, dem schwarzen Schlagstock, der Pistole im Holster.

»Du bist Michael, richtig?«, sagt sie.

»Ja.«

»Hi.«

»Hi.«

»Nachbarn haben sich wegen dem Lärm beschwert.«

»Ach so, ja.«

»Wir sind der Sache nachgegangen. Deine Freunde haben versprochen, die Musik leiser zu stellen.«

»Okay.«

»Alles in Ordnung mit dir, Michael?«

»Ja, alles okay. Mir geht's gut.«

Eine Lärmbeschwerde, weiter nichts. Aber dann zucke ich zusammen, eine blecherne Stimme ertönt aus Bevs Funkgerät, Ziffern werden gerufen, eine Adresse. Bev verabschiedet sich von mir, und ich sehe den beiden Polizisten hinterher. Ich warte, bis die Tür sich schließt, spähe sogar noch durch die Vorhänge, um zu sehen, wie sie zu ihrem Auto gehen, erst dann wende ich mich dem Haufen Unbekannter zu, die auf einmal bei mir zu Hause sind.

Sie sind jünger als ich, modisch gestylt mit weiten und bunten Klamotten, was man so trägt. Viele von ihnen sind schwarz, braun, andere weiß, asiatisch oder was auch immer. Schöne Menschen, selbst jetzt komme ich nicht umhin, es wahrzunehmen. Aber erst einmal sind sie Eindringlinge, *Gelumpe*, kommen ohne meine Erlaubnis herein und erregen die Aufmerksamkeit der Behörden. Sie haben gegessen, was Jelly gekocht hat, und überall ihre schmutzigen Teller abgestellt, auf dem Teppich vor dem Liegesessel ist ein frischer lila Fleck. Auch sonst haben sie sich Freiheiten herausgenommen, haben Mutters alten Plattenspieler zum Leben erweckt, haben Alben hervorgeholt, die ich seit Ewigkeiten nicht gehört habe. Aretha Franklin, Percy Sledge. *Nana Mouskouri?* Wo zum Teufel ist meine Mutter?

»Michael.« Aisha steht plötzlich neben mir, fasst mich am Arm. »Ich erkläre es dir, ja?«

Ich löse mich von ihr, denn jetzt habe ich sie entdeckt. Sie sitzt auf dem Sofa zwischen Jelly und einer großen Frau mit Creolen, in der Hand Jellys Walkman, Kopfhörer um den Hals. Auf dem Beistelltisch vor ihnen steht ein kleiner grüner Koffer, Mutter hatte ihn dabei, als sie vor Jahrzehnten ins Land kam, und jetzt bewahrt sie Fotos und Erinnerungsstücke darin auf. Normalerweise liegt er in einem Fach hoch oben in ihrem Wandschrank. Aber sie hat ihn heruntergeholt und aufgeklappt, damit alle die Sachen sehen können. Fotos aus Mutters früherem Leben. Fotos von mir als Kind. Fotos von Francis. Ich schiebe mich durchs Gedränge, hin zu Mutter, packe sie am Ellenbogen und helfe ihr vom Sofa auf, die Bilder auf ihrem Schoß fallen herunter, verstreuen sich am Boden.

»Michael«, sagt Aisha, »was machst du da?«

Und mir wird bewusst, dass ich Mutters Arm fast zerquetsche. Sie entwindet sich meinem Griff und knallt mir eine. Für einen Moment starren wir uns an.

»Wir haben … *Musik gehört*«, sagt sie. »Wir haben … *uns unterhalten.*« Ihre Stimme versagt. Sie zittert.

Alle Augen im Zimmer sind jetzt auf mich gerichtet. Empörung im Gesicht der Frau, die neben Mutter gesessen hat. Traurigkeit in Jellys. Ich drehe mich um zu Aisha, sie blickt immer noch stumm zu mir.

»Keine fremden Leute, habe ich gesagt.«

»Das sind Freunde, Michael. Sie haben die Geschichte gehört und wollten mehr wissen. Ein Zeichen von Respekt.«

»Auf ihren Respekt kann ich verzichten. Ich will, dass sie verschwinden.«

So behutsam wie möglich nehme ich Mutter den lächerlichen Walkman und die Kopfhörer ab und werfe sie aufs Sofa. Nehme Mutter bei der Hand und führe sie durch die Menge in ihr Zimmer, mache die Tür hinter uns zu. Sie legt sich aufs Bett, die Augen offen. Ich will ihr meine Hand auf die Schulter legen, aber sie entzieht sich, das schwache Licht von der Straße lasiert ihr Gesicht. Ich gehe an die Tür und lausche, im Wohnzimmer stellen die Leute mit leiser Stimme Fragen, Aisha antwortet, dann Geräusche, eilig aufgeräumt, Möbel gerückt, hoffentlich wieder an den richtigen Platz. Irgendwann höre ich, wie Leute gehen.

Als ich sicher bin, dass alle weg sind, gehe ich raus und schließe Mutters Zimmertür sachte hinter mir. Im Wohnzimmer sieht es immer noch chaotisch aus, der lila Fleck auf dem Teppich wird wohl bleiben. Jellys Walkman liegt noch auf dem Sofa, was mich wundert. Ich nehme ihn, drücke auf Play, höre das Ding wimmern, den schwachen Klang einer Stimme, einer Männerstimme vielleicht, und setze die Kopfhörer auf. Ich kenne die Musik aus einem Barbershop, zehn Jahre ist das her. Nina Simone, ihr Gesang am Anfang von *Feeling Good*. Aber verändert, ein Remix, die Band setzt nie ein, eine einsame Stimme in Endlosschleife.

Nach Antons gewaltsamem Tod war es spürbarer denn je. Der Argwohn in den Gesichtern von Fremden, wenn nicht die blanke Angst. Die Aura der Bedrohung, die einen selbst umgab, die aufgewirbelte Atmosphäre hinter einem, wenn man über die Straße ging. Im Fernsehen und in den Zeitungen versprachen Politiker, gegen Kriminelle hart durchzugreifen, einhellig begrüßt von smarten Sprechern der verschiedenen Communitys. Aber nicht nur Kriminelle waren im Visier. In unserem Stadtteil hielt die Polizei jeden Tag Jugendliche an, fragte sie, was sie machten und wo sie wohnten, es klang zunehmend wie ein Verhör. Wir wurden beobachtet, von Ladenbesitzern, Nachbarn, Passanten, von allen. Ich erstickte förmlich, was Francis nicht entgangen war, und sosehr ich ihn nach dem misslungenen Besuch unseres Vaters enttäuscht hatte, sorgte er dafür, dass ich mit ihm im Desirea's abhängen konnte.

Der Laden gehörte Dru, aber von einem typischen Barbershop konnte keine Rede sein. Neue Kundschaft war eher nicht willkommen. An meinem ersten Nachmittag sah ich, wie ein Junge namens Trance schüchtern hereinkam, in der Hosentasche nur Fussel und Kleingeld, und einen Service in Anspruch nahm, der, wie ich beobachten konnte, weniger ein Haarschnitt war als eine Strafe, ein Initiationsritus. Trance setzte sich gehorsam auf den Stuhl, und Dru machte sich gnadenlos an die Arbeit, drückte seinen Kopf nach vorn, um mit der Nackenkontur zu beginnen, riss ihn zur Seite, um an die schwierige Stelle hinterm Ohr zu kommen. Drus Daumen grub sich auch mal in die Augenhöhle des armen Jungen, damit er still saß. (»Klar, jetzt hat's dich erwischt, Idiot! Du sollst dich nicht bewegen, habe ich gesagt!«) Sein Ärger war meist nur Show, und als es vorbei war, bekam der Junge einen Burger und eine Cola, die Luxusvariante mit Eiswürfeln, und den Rest des Tages durfte er bleiben.

Wenn ich im Desirea's war, sah ich, wie Bargeld den Besitzer wechselte und ein kleines Einkommen erzielt wurde. Trotzdem schien der Laden, ob Dru es so wollte oder nicht, nach anderen ökonomischen Gesetzen zu funktionieren. Und in dem schütteren Licht, das gefiltert und gebrochen durch die zuplakatierten Schaufenster hereinsickerte, in diesem zauberischen Klangraum, den Jellys Musik schuf, kamen Lebensläufe und Namen zum Vorschein. Einmal sah ich zu, wie ein junger Mann sich rasieren ließ. Er saß weit zurückgelehnt im Stuhl, die Augen bedeckt mit einem Tuch, auf Wangen und Hals ein Berg Schaum. Und während Jelly an seinem Mischpult und den Plattentellern hantierte, nahm Dru ein Rasiermesser und schnitt aus der weißen Wolke ein Gesicht heraus. Da war er dann, Kev, der nach der Rasur mindestens fünf Minuten das Werk im Spiegel bewunderte, bevor er seine Kappe mit Netzrückseite sorgfältig zurechtschob, der Schirm vollkommen gerade und nach rechts gedreht. Dann war da der stämmige Abdi, der jeden Tag »nur eine kleine Auffrischung« wünschte. Oder Gene, die als B-Boy ging und den strengsten Fade trug. Oder der Professa, Ende zwanzig, mit zweifelhafter akademischer Qualifikation, aber immer imstande, den Titel zu nennen, den Jelly gerade unter den Fingern hatte.

»Otis Clay, *A Lasting Love*«, rief er, vor sich eine Ausgabe von *The Source*, er schaute nicht mal auf.

Da war Raj, der Talker, der Einzige von uns, der das Glück hatte, in einem Haus zu wohnen, das tatsächlich seinen Eltern gehörte (sagte er zumindest). Er trug eine Kangol-Mütze, die er sich tief in die Stirn zog, und eine lange vergoldete Kette. Er war ein Hänfling, aber er hatte sich eine Schlägerpose zugelegt, sodass er größer wirkte, die Arme schwangen über seiner unsichtbaren Brust- und Rückenmuskulatur. An meinem zweiten Tag im Desirea's gestand er zögerlich, dass er an einer seltenen Krankheit leide. Einer Elephantiasis des Penis, eine Bürde, die ihm gleichwohl die zärtliche Sympathie *mehrerer Damen* eingebracht habe. Nur dass sich sein Tonfall plötzlich änderte, als später am Abend ein paar Frauen aus Fleisch und Blut hereinkamen. Carla, Yash und Meeshi, amtliche Stadtteilschönheiten, ihre Fingernägel geschliffen wie Waffen, ihre Augen ein Blinzeln aus stählernen Pools. Sie trugen Designerjeans und gebieterische Frisuren. In dem Laden war es auf einmal still, sie setzten sich hin, kauten Kaugummi und machten gelangweilte Mienen, warteten darauf, dass etwas passierte. Und die ganze Stunde, die die Mädchen da waren, bekam Raj, der Junge, der so angegeben hatte mit seinen Muschis, kaum ein vernünftiges Wort über die Lippen.

»Ähm ... also ... ich meine ... soll ich euch Mädels was holen, eine Limo vielleicht?«

Alle machten sich lustig über Raj. Alle machten sich lustig übereinander. Im Desirea's konnte man posen, aber auch spielen. Jede aufgezwungene Rolle und jedes vorbestimmte Schicksal wurde entlarvt. Unsere Eltern kamen aus Trinidad und Jamaika und Barbados, aus Sri Lanka und Polen, aus Somalia und Vietnam. Sie hatten Scheißjobs, strampelten sich ab, um die Miete zu zahlen, waren chronisch erschöpft und propagierten oft ebenso chronisch erschöpfte Vorstellungen von Identität und Ehrbarkeit. Aber im Desirea's waren andere Selbstbilder und Verwandtschaften möglich. Man fand eine neue Sprache, verstand sich mit Gesten, blieb hautnah an den Bedeutungen.

Zum ersten Mal erklärt bekam ich die Musik vom Professa. Es war der Sommer, in dem Rap zum Mainstream wurde, Radio und Fernsehen, Veranstalter und Plattenfirmen stürzten sich darauf, und plötzlich hatten alle nur noch Ohren für die MCs. Auf der geldgetriebenen Jagd nach der nächsten großen Stimme wurde der DJ ausgemustert, seine Arbeit auf der Bühne umstandslos ersetzt durch vorproduzierte Tracks und die Arbeit der Techniker in den Studios. Aber damit wurde etwas anderes möglich. Der DJ, der seinen Hauptberuf am Mikro quitt war, konnte jetzt zurückkehren zu den Ursprüngen, zum *Rohmaterial*. Man erinnerte sich an Idole wie DJ Kool Herc, und eine neue Generation hatte Gelegenheit, auf eigene Faust zu experimentieren.

Fast jeden Tag kamen Francis und Jelly mit einer neuen Kiste voller Platten, die sie in Garagen und Secondhandläden aufgestöbert hatten. Sie begutachteten ihre Funde, stupsten sich mit der Schulter an, klatschten ein und lachten über irgendein kitschiges, längst verblasstes Plattencover, das manchmal schon Blasen warf. Sie zogen das Vinyl heraus, wischten es mit einem weichen Tuch vorsichtig ab, überprüften die Scheibe unterm Licht auf Kratzer und setzten die Nadel auf. Sie sorgten dafür, dass alle Jungs im Laden zuhörten, erst mal nur das, sie stellten noch nichts damit an. Und wir hörten wie mit neuen Ohren, hörten die Musik unserer Eltern, vor allem die vergessene Kunst des Funk, aber auch Ska und Soul, Blues und Jazz. Wir hörten ein Album von Toots and the Maytals, »ausgeliehen« von Eltern, auf deren Musikgeschmack niemand etwas gegeben hätte. Wir hörten Coltrane, als wäre es das erste Mal. (So ein Scheiß, flüsterte der kleine Trance. Wie sprichst du, Bitch!, schimpfte Dru.) Wir hörten geduldig Satchmo und Aretha Franklin, Bob Marley und Harry Belafonte, Melodien, die uns aus der Fernsehwerbung und den Soundtracks von Filmen schon in den Ohren klebten. Aber Francis und Jelly holten das alles für uns zurück, die Toten und die Lebenden, machten sie zu Stimmen, denen wir zuhörten, bevor Jelly schließlich loslegte.

Jeden Tag verbrachte er Stunden an seinem Setup mit

den zwei Technics 1200, die Plattenspieler waren mit Abstand das Teuerste im ganzen Laden und wahrscheinlich auch in unserem Leben. Auf einem Ohr ein Kopfhörer, während seine Finger vom Mischpult zu dem doppelten Vinyl flogen, spürte er den Breakbeat auf und isolierte ihn, dieses kostbare Bedeutungsteilchen, drei Sekunden, in denen die tiefere Geschichte eines Songs aufscheint, ehe sie sich immer weiter ausdehnt. Jelly war ein Meister darin, und niemand, den wir je gehört hatten, konnte besser scratchen als er. Aber selbst innerhalb der neuen Klasse von DJs war er ein seltener Vogel, denn was sein Genie ausmachte, war der gleichmäßige Flow und wie er unaufhörlich einen Sound, einen Stil, eine *Epoche* mit anderen mischte. Er zauberte mit dem Crossfader und den verschiedenen Equalizern, und auf diese Weise erkannten wir Verbindungen, die wir nie vermutet hätten. Zwischen Ska und Blues. Zwischen Port of Spain und Philadelphia. Zwischen den 1950ern und den späten 1980ern. Manchmal ging es auch schief, und es blieb bedeutungsloser Krach. Selbst ich hatte das kapiert. Andere Male funktionierte es, Alt und Anderswo heraufbeschworen und aufgegangen in einem erweiterten Rhythmus, und der ganze Laden antwortete, die Unterlippen vorgeschoben, die Köpfe ein Nicken.

»Das ist genial, Jelly«, sagte Raj. »Du bist ein … wie heißt das noch? Ein Metaphysiker. Ein gottverdammter Metaphysiker!«

»Auf der Ex wird es Glückwünsche regnen«, meinte der Professa.

Da erfuhr ich von ihrem großen Plan. Ein Hip-Hop-

Konzert auf der Canadian National Exhibition, in ein paar Tagen schon. Mit großen Namen und Acts aus den Städten, auf die es ankam, New York und L. A. Bei den Promotionveranstaltungen im Vorfeld des Konzerts gab es Auditions, das würden sich die Talentscouts ansehen, vielleicht winkte sogar ein Plattenvertrag. Der weltberühmte Conductor würde auch dabei sein. Das wäre die Chance für Jelly, ins Rampenlicht zu treten, sich zu präsentieren und zu glänzen.

»Stimmt«, sagte Raj. »Das wird der Hammer auf der Ex.«

»Und wie«, sagte Francis zu Jelly, klatschte ein und zog ihn an sich. »Denen zeigen wir's.«

Francis hatte bisher immer auf cool gemacht. Reiner Selbstschutz, das gehörte dazu. Aber jetzt sah ich nicht nur eine ungewohnte und riskante Hoffnung aufblitzen, sondern noch etwas anderes, wie man es von manchen Vorortjungs kennt. Es zeigt sich in der Art, wie sie sich begrüßen, Faustcheck, High five, in bestimmten Blicken und Umarmungen, Ausdruck einer tiefen und unbestreitbaren Wahrheit, die nur selten in Worte gefasst oder erklärt wird. Womöglich nicht mal als solche erkannt. Doch sosehr ich in dem Moment mit mir selbst beschäftigt war, verstand ich es genau.

»Du schaffst das«, sagte Francis, seine Hand an Jellys Hals.

Aishas Vater hatte in diesem August Spätschicht, und zum ersten Mal lud sie mich zu sich nach Hause ein. Die Sonne war schon untergegangen, trotzdem war es innendrin immer noch heiß, mehr als eine Lichtquelle am Herd durfte nicht brennen. So vieles in ihrem Zuhause erinnerte mich an mein eigenes. Die gepflegte Ordnung, das gemusterte Polstersofa, die Glasschüssel mit den eingeweichten Linsen fürs Essen am nächsten Tag, der benutzte Teebeutel auf einem Stück Folie, bestimmt für einen zweiten Aufguss. Es gab Fotos von Aisha, wie sie die ein oder andere Auszeichnung erhielt, ein Regal mit Büchern, einen Plattenspieler, Alben.

»Also«, sagte sie, als sie dann neben mir auf dem Sofa saß. »Wir müssen echt mal über deine Frisur reden. Was machst du da genau? Ich meine, was soll das am Ende werden?«

»Das ist, na ja, ein High-Top-Fade.«

»Du siehst aus wie Gumby nach einem Knetunfall.«

»Bei Francis klappt das immer.«

»Aber du bist nicht Francis, oder?«

Sie konnte sich kaum einkriegen vor Lachen. Und erzählte mir, die Mädchen in ihrer Begabtenklasse würden ein Drittel ihrer Zeit mit Aufsatzschreiben und Infinitesimalrechnung verbringen und zwei Drittel damit, über Francis zu reden. »Was die von sich geben, Michael«, sagte sie, »die sabbern schon, so spitz sind die. Egal was man deinem Bruder nachsagt, was für ein knallharter Typ er ist, gegen die käme er nicht an. Die würden ihn lebendig verspeisen. Würden töten, um an ihn ranzukommen.«

»Möchtest du auch an ihn rankommen?«, fragte ich leise.

Sie lachte nicht mehr, auch ihr Lächeln war nicht mehr dasselbe.

»Was?«, fragte ich.

»Also?«, sagte sie.

Sie ging mit mir in ihr Zimmer, wo ebenfalls alles aufgeräumt war und ebenfalls Bücher standen, und schloss die Tür hinter uns. Ohne Vorwarnung zog sie mir das Hemd aus, dann ihr eigenes. Sie schob ihre Shorts herunter, machte dasselbe bei mir, und so standen wir einen Moment da. Sie war wunderschön, aber als sie näher an mich herantrat, zuckte ich zurück. Sie nahm meine Hand, zog sie an sich, und ich spürte die Narbe unten an ihrem Bauch, vielleicht von einer Blinddarmoperation, es war das Erste an ihrem Körper, was ich berührte.

Irgendwo in meinem Hinterkopf sagte mir eine Stimme, dass ich eigentlich gut darin sein sollte, dass ich Bescheid wissen sollte, instinktiv wissen, was zu tun war. Aber ich wusste es nicht. Wir legten uns aufs Bett, lagen lange so zusammen und lernten, uns zu berühren und zu küssen. Sie nahm meinen Kopf und schob ihn sanft an sich herunter, und dann holte sie ein Kondom hervor, ich zog es ungeschickt über, verkehrt herum. Sie nickte mir zu, hielt, als ich in sie eindrang, ihre Augen offen und wandte das Gesicht ab, und als sie sich wieder zu mir drehte, waren ihre Augen geschlossen, ihr Mund suchte nach meinem.

Später führte sie meine Hand dorthin, wo sie gebraucht wurde, und am Ende übernahm sie selbst, und danach lagen wir wortlos weiter auf dem Bett. Es war nicht ihr erstes Mal, und als ich zärtlich ihre Finger küsste, immer wieder küsste, rochen sie nach ihr.

Die letzten Partygäste sind vor zwei Stunden gegangen, Mutter schläft in ihrem Zimmer. Inzwischen habe ich in der Küche und im Wohnzimmer aufgeräumt, habe die Fenster geöffnet, damit der Rauch abzieht, und die Möbel wieder an ihren Platz gerückt. Es ist immer noch ein einziger Saustall. Alles ist vollgekrümelt, aber mit dem Staubsaugen warte ich bis zum Morgen. Offene Wein- und Bierflaschen stehen herum, ich bediene mich. Auch Mutters Koffer liegt noch aufgeklappt auf dem Couchtisch, und erst nachdem ich etwas intus habe, erlaube ich mir einen Blick hinein.

Alte Sachen. Sachen, an die man sich gern erinnert. Sachen, die man vielleicht besser vergisst. Postkarten, Konzertkarten. Andenken und Relikte aus einer anderen Zeit. Eine kleine rötlichbraune Schachtel voller Glasschmuck, hübsch anzusehen, aber wertlos. Viele Fotos natürlich auch, manche einzeln, andere zusammengehalten von Büroklammern und Gummibändern, dazu Bilder von Mutter und von mir und von Francis, aber ich versuche, sie zu ignorieren. Lieber nehme ich Mutters Schulheft heraus, das sie aus irgendeinem Grund aufbewahrt hat. Vorne drauf ein nichtssagendes *Standard A*, im Heft selbst Wörter, wunderschön und wie gemalt, als stünde für das Mädchen, das sie geschrieben hat, alles auf dem Spiel.

Narzisse.

Rochester.

Imperium.

Grotesk.

Neben jedem Wort ist ein rasches Häkchen, unten auf der Seite ein kurzer Vermerk. »Sehr gut«, steht da.

Ich sitze noch auf dem Sofa, als Aisha gegen eins zurückkommt, allein, mit ihrem eigenen Schlüssel. Sie kommt langsam herein, und ich bedeute ihr, dass Mutter in ihrem Zimmer schläft. Ich frage nach Jelly. Er besorgt ein Mittel für den Fleck auf dem Teppich, sagt sie, ist gleich wieder da. Um seine Sachen zu holen, falls er gehen muss. Ich reagiere nicht. Jetzt nur nicht vom Mitleid rühren lassen. Sie setzt sich zu mir, ans andere Ende des Sofas, rutscht aber an die Fotos heran, die ich ausgebreitet habe, darauf Verwandte aus dem Dorf, wo ihr Vater geboren ist. Sie greift nach einem Bild von Mutter als Teenager, in einem vielleicht blauen oder grünen Kleid, die Augen seltsam in die Ferne schweifend, der dünne Arm hochgehalten, ein Schutz gegen die Wucht der Sonne.

»Eine schöne Frau, Michael«, sagt sie. »Und das ist sie immer noch. Kennst du das weiße Gebäude im Hintergrund? Warst du dort, als ihr zu Besuch wart? Die Kirche der Spirituellen Baptisten. Shouter-Baptisten, so nannte man sie früher. Ich habe davon erfahren, als ich dort war.

Lange Zeit waren ihre Gottesdienste in Trinidad verboten. Sie durften ihren Glauben nicht so praktizieren, wie sie wollten. Durften nicht laut ihre Gesänge anstimmen und weinen.«

Ihre Stirn ist gerunzelt, aus der Kehle dringt ein Geräusch, als fiele ihr das Schlucken schwer. Sie weint, so viel ist klar, und ich lege ihr meine Hand auf die Schulter, aber sie schüttelt verärgert den Kopf. Räuspert sich, schluckt. Als sie wieder spricht, klingt ihre Stimme heiser.

»Mein Vater hat nur ein paar Minuten von der Kirche entfernt gewohnt, aber er hat mir nie etwas darüber erzählt. Hat überhaupt wenig aus seiner Vergangenheit erzählt. Nicht mal erwähnt, dass seine Eltern kaum genug zu essen für ihre Kinder hatten. Auch von seinem kleinen Bruder und seiner kleinen Schwester hat er nie gesprochen, sie sind beide im Kindesalter gestorben. Oder dass seine Tante, um über die Runden zu kommen, amerikanische Soldaten ›unterhalten‹ hat. Und genauso wenig hat er ein Wort darüber verloren, warum er hier sein ganzes Leben als Wachmann gearbeitet hat. Selbst von seiner Krebserkrankung habe ich viel zu spät erfahren, eine Krankenschwester hat es mir gesagt.«

Ich sehe ihn noch vor mir, es war der Winter vor diesem letzten Sommer, und ich war auf dem Weg nach Hause. Von Weitem sah ich Francis, er stand mit Samuel auf dem Bürgersteig beim Waldorf. Als ich herankam, nickte mir mein Bruder nur kurz zu, aber Samuel lächelte, nahm seine Mütze ab und strich sich das spärliche, schon leicht ergraute Haar glatt. »Guten Abend«, sagte er. Und wie aus heiterem Himmel fing er an zu singen. Er sang nicht besonders gut und mit gedämpfter Stimme, ein französisches Lied, so viel war klar, aber ich wusste nicht, welches, außerdem achtete ich sowieso nur auf Francis. Die Woche war nicht einfach gewesen, wieder hatte mein Bruder sich mit Mutter gestritten. Beim kleinsten Wort aus Erwachsenenmund konnte er aus der Haut fahren, bei allem, was als Bildungsgetue rüberkam oder als verdeckter Spott. Doch während Samuel sang, schaute mein Bruder nur zur Straße hin, peinlich berührt, etwas schüchtern sogar. Das Ganze dauerte bloß ein paar Sekunden, irgendein Scherz zwischen den beiden, nahm ich an, aber Samuel schien zu merken, dass Francis alles andere als erbaut war. Er warf mir einen raschen Blick zu und verabschiedete sich mit einem höflichen kleinen Nicken.

Ich möchte Aisha von dieser Begegnung erzählen. Möchte das Gespräch führen, das ich mir seit ihrer Rückkehr erhofft habe. Aber jetzt höre ich Schritte vor der Haustür und sehe, wie sie aufgeht. Es ist Jelly. Er hat ein Fleckenspray in der Hand. Er schließt die Tür hinter sich, bleibt aber auf der Fußmatte stehen, als traute er sich nicht weiter. Aisha lächelt, winkt ihn herein, und er zieht die Schuhe aus, geht in die Küche, um einen Lappen nass zu machen, dann hinüber zu dem Fleck. Mit den Fingern überprüft er ihn auf Feuchtigkeit. Er liest die Anleitung auf dem Spray, wirft einen Blick auf das Kleingedruckte.

Aisha lacht, prustet. Sie steht vom Sofa auf und geht in mein Zimmer. Als sie mit einem hellgrünen Flyer zurückkommt, ist Jelly schon dabei, den Fleck einzusprühen und zu schrubben. Auf dem Flyer ist ein Mikrofon abgebildet, eine Bühne. Darüber die Namen der Auftretenden. Jah-Righteous, Sister Sojourner, Dutty Bookman. Zweiter von unten: DJ Djeli.

»*Djeli*«, sagt Aisha. »Wie ein Griot. Ein Geschichtenerzähler, der das Überlieferte weitergibt. Ein paar Tage nach dem Tod meines Vaters war ich im Stadtzentrum, bin dort rumgelaufen in meiner Trauer, noch ziemlich neben der Spur. Auf einmal ruft jemand hinter mir: ›Hey, Sister‹, und als ich mich umdrehe, hält mir ein Junge nervös den Flyer hin. Er hat sich entschuldigt, dass er mich einfach so anquatscht. Er meinte, ich könnte ihm helfen, das unter die Leute zu bringen, ›Du weißt schon, vielleicht hast du einen Sohn oder eine Tochter oder so.‹ Wichser, keine Augen im Kopf.«

»Das war Scott«, erklärt Jelly. »Echt ein Lieber. Der wollte dich nicht beleidigen.«

»Na ja, hab auch schon besser ausgesehen, nehme ich an«, sagt Aisha. »Egal, ich habe den Flyer genommen. Später habe ich mich selber gefragt, warum. Und warum ich am nächsten Abend in diesen winzigen Kellerclub in der Stadt gegangen bin. Es waren vielleicht drei Dutzend Leute da, die üblichen Verdächtigen, Uni, Kunst, aktivistisch drauf, Nobodys. Es gab Livemusik, mal gute, mal weniger gute. Und Gedichte, mal gute, mal weniger gute. Aber ich habe es genossen. Irgendwie habe ich mich verbunden gefühlt.«

Mein Blick fällt wieder auf den Namen. *Djeli*. Hatten die Jungs im Desirea's das damals auch so gemeint? Kannten sie die Bedeutung? Ich schaue zu Jelly, er schrubbt immer noch, verteilt das Violette nur noch weiter auf dem Teppich. Er seufzt.

»Ich muss nicht hierbleiben«, sagt er.

»Also«, sage ich. »Tut mir leid, dass ich so sauer reagiert habe. Mir ist schon klar, was ihr vorhattet. Ihr könnt beide noch eine Nacht bleiben, okay? Ihr sollt nur wissen, dass wir es mit Mutter langsam angehen lassen müssen. Für sie ist das alles nicht einfach. Sie ist eine gebrochene Frau. Wirklich, glaubt mir.«

Aisha nickt. Sie geht die Fotos durch, die sie noch in der Hand hält, und findet eins von Francis aus den späten Siebzigern. Mein Bruder im Afrolook, Hemd mit breitem Kragen, grasgrün und orange. Sie zeigt das Foto Jelly. Und wieder dieser Blick, der mir schon früher am Abend aufgefallen ist. Voller Traurigkeit.

Es war der Tag nachdem Aisha und ich uns zum ersten Mal berührt hatten, als die Jungs im Desirea's beschlossen, dass Jelly eine Generalprobe brauchte, eine echte Herausforderung mit echtem Publikum. Und so liefen Aisha und ich abends durch den vermüllten Glanz der Avenue, die Hitze klebte uns noch auf der Haut. Kaum kamen wir an die Rückseite des Einkaufszentrums, konnten wir es sehen und hören, Licht und Musik drangen durch die sich überlappenden Flyer und Poster am Schaufenster. Ich zog die Tür auf, drinnen war es proppenvoll. Dru ließ Aisha herein, aber dann streckte er den Arm vor und stoppte mich.

»Ausweis bitte«, sagte er.

»Fick dich«, sagte ich.

»Hüte deine scheiß Zunge, junger Mann.«

Das Desirea's hatte sich, kaum zu glauben, in so etwas wie einen Club verwandelt, mit geliehenen Boxen und Verstärkern und Mikros. Die Lampen waren mit dünnen Tüchern verhängt und warfen ihre bunten Schatten über alles. Auf einer improvisierten Bühne machte Jelly sein

Ding mit den Mischpulten und Plattentellern, und die Menge schwang wild hin und her, völlig gelöst und dicht beieinander. Ein Junge, den ich nicht kannte, sagte etwas in ein eingestecktes Mikro, und ein großes Mädchen, die Frisur à la Golden Beauty, schnappte es sich. »Gib her«, sagte der Junge, aber sie ignorierte ihn, und die anderen Mädchen juchzten. Golden Beauty sagte Jelly etwas ins Ohr, und der nickte und fand für sie einen Breakbeat. Man konnte sehen, wie sich ihre Lippen bewegten, während sie stumm etwas ausprobierte, und dann rappte sie los, eine hohe, durchdringende Stimme, ihre Hände schnitten die Worte in die Luft.

»Jugend von Eglinton,
Jugend von Kingston,
Jugend von Compton,
Jugend von Brooklyn,
Jugend von Scarborough …«

Ich sah Francis neben Jelly, während sein Freund die Platten manipulierte und zwei ganz unterschiedliche Stücke miteinander verband, alte und neue, karibische und amerikanische und jetzt African Soul, und dann schwoll der Jubel der Menge an. Francis rief: »Lauter!«, andere stimmten ein. Jetzt auch Aisha, sie wischte sich die Haare aus dem Gesicht und rief: »Lauter!« Alle im Raum zusammen, eine einzige Stimme.

Lauter!

FÜNF

Gegen sechs Uhr morgens, als die Party schon ausklang, tauchten die Cops auf. Nicht zum ersten Mal, wie die Jungs im Desirea's sagten, und zumindest hatte man eine gewisse Routine entwickelt, mit diesen unangemeldeten Besuchen umzugehen. Seit der Schießerei aber wurde hart durchgegriffen, und die Polizei gab sich betont kühl. Sie erschienen im Pulk an der Tür, sechs auf einmal und in klobigen Westen, und als sie darum baten, hereingelassen zu werden, war klar, dass von einer Bitte keine Rede sein konnte. Sie drangen ein in unseren Raum, und mit einem Schlag wurde der Laden klein, die Luft eine andere. Die Musik brach ab, die Gesichter der Menge, bis dahin ein Strahlen, waren plötzlich leer.

»Worum geht's?«, fragte Dru.

»Jemand aus der Nachbarschaft hat Pot gerochen«, erklärte ein Polizist. »Wir kommen wegen Drogen.«

»Darf ich Ihnen eins der Finanzinstitute in der Bay Street empfehlen?«

»An die Wand, du Komiker. Und die Taschen ausgeleert. Die anderen auch.«

Alle gingen langsam auf die Wand zu, aber einem Polizisten gefiel gar nicht, wie Jelly sich an seinem Setup Zeit ließ, zwei der kostbaren Platten von den Tellern nahm, sie in die Hüllen steckte. Der Cop ging zu ihm und gab ihm einen Schubs. »Hey, du Wunderknabe«, sagte er.

Francis fuhr herum. »Nicht anfassen!«, rief er.

Im Desirea's war es auf einmal unheimlich still. Alle schwiegen, selbst die Polizisten, und schauten hin. Ich spürte, wie mir unter dem Hemd ein kalter Schweißtropfen über den Rücken kroch. Der Polizist, der Jelly geschubst hatte, sah jünger aus als die anderen.

»Wie bitte?«, fragte er, auf dem Gesicht ein Lächeln.

Francis antwortete nicht, sein Blick verhärtete sich, erstarrte in einem feuchten Glanz. Ich sah hilflos auf die Hand des jüngeren Polizisten, er hielt sie nicht weit von der Pistole im Gürtelholster. Eine Ewigkeit verging, dann fragte der Polizist noch einmal: »Wie bitte?« Ein älterer Polizist murmelte ihm etwas zu.

»Okay, *Francis*«, sagte der jüngere Polizist. »Du und dein Freund gehen jetzt rüber an die Wand. Und die Taschen ausgeleert, genau wie die anderen.«

Mein Bruder und Jelly gehorchten. Die Durchsuchung war eine Sache von Minuten. Es gab kaum etwas zu finden. In der Tasche vom Professa entdeckten sie eine Klemme, um Joints zu halten, aber das sei, erklärte Dru rasch, nur ein Haarclip, und er wollte es schon an einem Jungen mit Dreadlocks demonstrieren. Der schlug ihm das Ding prompt aus der Hand und blitzte ihn an. Der ältere Polizist rollte mit den Augen, rief aber niemanden heraus. Als die Durchsuchung beendet war, bedankte er sich, dass wir seine Leute reingelassen hatten.

»Ich bitte Sie«, sagte Dru, »wir danken Ihnen! Ihnen und Ihren tüchtigen Beamten.«

Nachdem die Cops gegangen waren, rührte sich für ein paar Sekunden niemand im Laden. Ich schaute zu Francis, er hatte noch immer feuchte Augen und bebte, vor Angst oder Wut, vielleicht beides. Erst als Jelly ihm die Hand auf den Arm legte, schluckte er schwer und nickte.

Francis fühlte sich schnell in die Ecke gedrängt. Das wussten alle. So erging es einem, wenn man im Park aufwuchs, und mit sechzehn verlieh Francis diesem Gefühl eines Abends auf sehenswerte Weise Ausdruck. Es war die Woche vor Weihnachten, Mutter war gerade von der Arbeit nach Hause gekommen. Sie hatte Lippenstift aufgelegt und trug den Faltenrock, in den sie zu »Anlässen« schon mal schlüpfte. Sie summte einen Parang, eins dieser spanisch klingenden Lieder, von denen wir wussten, dass sie zu dieser Jahreszeit in Trinidad gesungen wurden, und sie schien glücklich zu sein, oder zumindest fest dazu entschlossen. Sie wärmte rasch den Rest Linseneintopf vom Vortag auf und stellte uns die Teller hin, und als Francis sagte: »Du lässt ja kaum etwas für dich übrig«, meinte sie, sie habe keinen Hunger. Dann erklärte sie, dass es dieses Jahr eher ein ruhiges Weihnachten werde, mit einem schönen Essen, aber wohl ohne Geschenke. Wir müssten »einfach sparen«. Sie finde schon eine neue Arbeit, und nach den Feiertagen könne sie bestimmt ein paar Überstunden machen.

Als wir am Tisch saßen, wurde Francis still, das war alles, nur Schweigen.

Mutter summte zunächst weiter. Dann legte sie die Gabel ab und schloss verärgert die Augen. »Werd erwachsen«, flüsterte sie. »Sei ein Mann.«

Francis sagte immer noch nichts, aber plötzlich stand er auf und zog sich seine Jacke über. Ich beeilte mich, meine ebenfalls anzuziehen, und folgte ihm zur Tür hinaus.

Schneeregen blies uns ins Gesicht, der Himmel zeigte das herbe Weiß von Streusalz. Francis und ich liefen zwanzig Minuten bis zum nächsten 7-Eleven und holten uns jeder einen Hotdog, und nachdem wir sie drinnen gegessen hatten, sagte der Wachmann, wir sollten jetzt abhauen, er würde sonst die Polizei rufen. Schließlich gingen wir zu einem Bushäuschen einen Block weiter und setzten uns bibbernd auf die Bank, keiner sagte ein Wort. Wir schauten zu, wie es am Eingang herabtropfte, Hände in den Taschen, Hals und Wangen in der Jacke vergraben, die Ärmel über die Finger gestreift. Meine Schuhe waren durchnässt, und ich schob die Zehen immer wieder vor und zurück, damit sie nicht erfroren.

Eine Frau kam herein. Sie war trotz des Wetters elegant gekleidet und hielt Einkaufstaschen in den Händen, die Griffe waren bunte Stricke. Offenbar hatte sie Francis und mich durch die verschmutzte Scheibe des Wartehäuschens nicht gesehen, und jetzt machte sie einen etwas unbehaglichen Eindruck, mit einem Mal auf engstem Raum mit uns zusammen. Francis nahm zwei Plätze auf der Bank ein, und er rückte ein Stück, damit sie sich setzen konnte, aber sie schaute geflissentlich zur Seite. Er versuchte Blickkontakt aufzunehmen, deutete sogar auf den freien Platz, aber diese Geste schien sie nur noch mehr zu verängstigen. Sie ging wieder hinaus, die Straße hinunter, vielleicht zur nächsten Haltestelle, ihre Absätze klackerten auf dem Bürgersteig.

»Das ist nicht Mutters Schuld«, sagte ich. »Sie tut, was sie kann.«

»Das weiß ich selbst, du Klugscheißer! Für wen hältst du mich?«

Eine Gruppe Jugendlicher näherte sich dem Häuschen. Sie waren erst schwer zu erkennen, aber sie waren älter als wir. Sie trugen Hemden in Übergröße und so weite Jeans, dass sie ihnen tief unter die aufgeknöpften Jacken rutschten. Einer stand auf den Pedalen eines Fahrrads, das viel zu klein für ihn war, der Lenker umwickelt mit Fetzen von schwarzem Klebeband. Das Licht der vergitterten Außenbeleuchtung an der Rückseite eines Mietshauses strahlte sie von hinten an, und während sie auf uns zukamen, schienen sie keine Gesichter zu haben, nur dunkle Schatten mit grellen Konturen.

»Gehn wir lieber«, sagte ich zu Francis.

»Wartehäuschen sind niemandes Eigentum«, sagte Francis.

Es war nicht der Moment, darüber zu streiten, und ich blieb sitzen und hoffte, die Gruppe würde einfach an uns vorbeigehen. Aber dann standen sie auf einmal alle im Eingang, wir hätten gar nicht hinausgekonnt. Von Nahem sahen sie nicht allzu bedrohlich aus. Wir kannten sie, das waren Jungs aus der Gegend, die gelernt hatten, sich knallhart zu geben. Einer schnipste ein Feuerzeug an, und eine große orange Flamme beschien die lächelnden Gesichter der anderen, ihre Schatten tanzten und flackerten auf den Scheiben des Wartehäuschens. Der Kleinste, ein Junge, der sich Scatter nannte, trug eine Sonnenbrille. Mit seinen spiegelnden Insektenaugen sah er mich an, lächelte böse.

»Was geht ab, Bitch?«, sagte er.

Und Gelächter. Ein fieses, raues Lachen. Einer der Jungs hatte einen fetten weißen Kaugummiklumpen im Mund. Einem anderen fehlten mehrere Vorderzähne, dabei war er höchstens vierzehn. Dann verhallte das Lachen, und es folgte eine unangenehme Stille, ich sollte wohl etwas antworten.

»Hey, Bitch«, sagte Scatter. »Hey, ich rede mit dir, du Schwuchtel.«

»Sup«, versuchte ich es.

»Sup, sagt der.« Scatter lachte. »*Sup.*«

Francis hatte mir klargemacht, dass ich mich durchsetzen musste. Einmal reicht, hatte er gesagt. Und in dem Bushäuschen sah er jetzt zu mir und wartete darauf, dass ich reagierte. Ich spürte, wie sich mein Magen verzog, ein Toffee im Aufruhr, und murmelte in Richtung Scatter, er solle sich verpissen. Ein paar der größeren Jungs kicherten, Scatters Gesicht zeigte Überraschung. Dann ein verlegener Blick zu seinen Freunden, und schon hatte er sich wieder gefangen. Erneut setzte er sein Lächeln auf, als hätte er nur darauf gewartet. Und zog ein Messer unter der Jacke hervor.

Es war ein Jagdmesser, wie man es aus der Fernsehwerbung im Spätprogramm kennt, die Klinge ein bläuliches Schimmern im Licht. Scatter hielt das Messer auf mich gerichtet, mit der Klingenspitze nach unten und für die Passanten auf der Straße kaum zu sehen, sie berührte mich fast schon im Schritt.

»Gefällt dir?«, fragte er.

Ich wollte schon etwas sagen, keine Entschuldigung, nur irgendwas, leise, um die Situation zu entschärfen, aber dann fasste Francis langsam, ohne Scatter aus den Augen zu lassen, nach dem Messer und legte die Finger um die blanke Klinge.

Er griff zu, schloss die Hand um die Waffe.

Sekundenlang starrten die beiden einander an, es war ein regelrechter Kampf. Am Ende hielt Francis das Messer in seiner blutigen Hand. Für einen Moment war Scatters Gesicht der Schock anzusehen, vielleicht sogar aufrichtige Sorge, aber genauso schnell war dieser Ausdruck wieder verschwunden. Er prustete los, und während er lässig zurückwich, sprach er aus, was alle anderen dachten, selbst ich.

»Echt crazy«, sagte er.

Danach hatten sowohl Scatter als auch Francis ihren Ruf weg. Der eine hatte sich, obwohl er das Messer am Griff hielt, als unfähig erwiesen, wirklich zuzustechen. Trotz klaren Vorteils hatte Scatter das Messer losgelassen, und dieses Zeichen von Schwäche blieb nicht ohne Folgen, sosehr er sich bemühte, es durch alle möglichen Posen und ein zunehmend aggressives Auftreten wettzumachen.

Dagegen erwarb sich der andere, der die Klinge

gehalten hatte, einen Namen. Und je öfter die Geschichte die Runde machte, desto tiefer wurde der Schnitt in Francis' Hand, klaffend bis auf die Knochen, in einem roten Schwall ergoss sich das Blut auf den Boden. Francis hatte bewiesen, dass man mit einer einzigen Geste einen Ruf besiegeln konnte. Er hatte sich behauptet, aber er konnte auch, wenn man ihn in die Ecke drängte, den Verstand verlieren.

An dem Abend von Jellys Audition stand Francis eine gute Stunde vor dem Spiegel und bearbeitete seinen Fade, und trotz der Hitze ließ er es sich nicht nehmen, eine leichte schwarze Jacke mit Pelzkragen überzuziehen. Beim Anblick meines zweifarbigen Durags auf dem Kopf verdrehte er die Augen, sagte aber nichts.

Abgemacht war, dass sich die meisten von uns direkt am Veranstaltungsort trafen. Francis würde mit dem Auto hinfahren. Nachdem wir es beim Desirea's abgeholt hatten, hielten wir kurz am Waldorf, um Aisha mitzunehmen. Sie trug ihre normalen Sachen, aber auch eine Mütze, das einzige Zugeständnis an einen wie auch immer gearteten B-Girl-Style. Sie quetschte sich zu mir auf die Rückbank. Danach fuhren wir in einen »besseren« Teil der Vorstadt, mit frei stehenden Einfamilienhäusern, und holten Raj bei seinen Eltern ab. Er kam in einem knallgelben Trainingsanzug, eine Banane auf zwei Beinen, doch als er meinen eigenen Versuch sah, mir ein Outfit zuzulegen, machte er ein wütendes Gesicht.

»Auf gar keinen Fall«, sagte er zu Francis. »*Der?* Den willst du mitnehmen?«

»Entspann dich«, sagte mein Bruder. »Er macht schon keinen Ärger.«

»Was zum Teufel soll dieses Ding da?«

»Was für ein Ding da?«, sagte ich.

»Das Ding auf deinem Kopf. Du siehst aus wie die beknackte Tante Jemima auf der Pancake-Schachtel!«

Zum Schluss holten wir Jelly bei sich zu Hause ab, in einem der niedrigeren Wohnblocks, dem Rosedale. Das Gebäude stand schief, als wollte es in dem weichen, unbegrünten Boden versinken. Die Vorgärten waren matschige Streifen, verrostete Autos standen aufgebockt auf Betonziegeln, alte Pizzakartons zerfielen zu einem pappigen Brei, die Wäsche auf den Leinen sah schmutzig aus. Jelly wartete draußen, zusammen mit einem kleinen Jungen, der sein Bruder hätte sein können. Francis und Jelly begrüßten sich mit Faustcheck, umarmten sich, und während Jelly eine Kiste mit Platten zum Wagen schleppte, sah der Junge ihm nach und winkte. Als wir losfuhren, rief der Junge: »Viel Glück!«, aber Jelly drehte sich nicht um. Er trug denselben leichten grauen Hoodie wie immer und sah die ganze Zeit nervös auf seine Finger. Als er merkte, dass ich es mitbekam, versteckte er sie unter den Armen.

»Okay«, sagte er plötzlich. »Packen wir's.«

Als wir zur Ex kamen, stellten wir den Wagen ab und trafen uns mit der restlichen Crew, und zusammen gingen wir so cool wie möglich zum Stadion. Dort hingen Plakate mit den Performern, flankiert von Frauen in knappen Shorts und BHs und mit glitzernden Ketten und Armbändern. Für die Auditions hatte sich schon eine lange

Schlange gebildet, sie führte zu einem Zelt an der Seite. Wir nahmen unseren Platz am Ende ein, die Schlange bewegte sich langsam auf eine Gruppe von Türstehern zu, die die Ausweise kontrollierten und Namen aufschrieben. In der Luft pulsierende Musik.

Das Warten fühlte sich an wie eine Ewigkeit, schon das ging an die Nerven. Immer wieder hörten wir, wie es in dem Zelt losging, irgendwer performte eine Weile, und dann brach die Musik plötzlich ab, vielleicht weil die Zeit um war oder die Geduld des Publikums erschöpft. Direkt vor mir waren ein paar weiße Kids aus der Mittelschicht, sie trugen Klamotten, die sich kaum jemand leisten konnte. Nike, Air Jordan, Louis Vuitton. Sie rissen Witze und machten mit den Fingern Gangzeichen, beschwerten sich über manche der Acts. »Verdünnte Verkaufsscheiße«, meinte einer. »Jetzt Frontman, der hat's echt drauf. Der Nigga hat sogar im Knast gesessen, Körperverletzung und so.«

Ich stand zusammen mit Aisha, und zweimal ertappte ich sie dabei, wie sie zu Francis schaute, er trat von einem Bein aufs andere, verrenkte sich fast den Hals, um einen Blick ins Zelt zu werfen, ging noch mal die Platten durch, die Jelly in seiner Kiste mitgebracht hatte. Die Spielbuden und Karussells auf der Ex warfen immer längere Schatten, und der Himmel hinter den Monster Rides färbte sich dunkelorange.

Schließlich waren wir bei den Türstehern. Sie waren alle groß und stämmig und trugen T-Shirts mit dem Schriftzug von Regal Sport, einem der Hauptsponsoren des Events.

»Die Bühne scheint frei zu sein«, sagte Francis.

»Entspann dich, Junge«, antwortete einer der Männer. »Du kommst schon noch dran.«

»Okay, ihr Superstars«, sagte ein anderer. »Ihr seid die Nächsten.«

Auf einer Bühne stand alles bereit, Plattenspieler, Mischpult, Boxen. Davor ein Tisch mit fünf Stühlen, aber nur zwei Typen saßen dort. Der eine, wahrscheinlich der Veranstalter, im weißen Hemd, der andere war der Conductor, er trug Ketten und einen schwarzen Blazer, die Füße in knallweißen Jordans. Als wir reinkamen, redete Weißhemd weiter mit ihm, als ob es uns nicht gäbe, aber der Conductor nickte uns zu und deutete auf die Bühne. Jelly schleppte seine Kiste zu den Plattentellern, und Francis half ihm, das Equipment einzustellen, nahm die Kopfhörer, testete den Sound, holte mehrere Platten aus der Kiste, um sie in Griffweite zu haben. Die Technics 1200 waren in der Battle-Position, das Mischpult hatte mehr Knöpfe und Regler, als selbst Jelly je gesehen hatte. Schließlich war es so weit, und beide sahen zu den Juroren und zu uns, die wir zuschauten, und dann blickten sie einander an. Keine aufmunternde Geste, nichts. Francis nickte nur und entfernte sich ein Stück.

Es begann mit Stimme, eine Überraschung. Schon einmal hatte Jelly im Desirea's etwas von einer Kassette vorgespielt, was selbst den Professa verblüffte. Die Sprache, in der er sang, sagte mir nichts, hinterher meinte Francis, das sei *balwo* gewesen, ein Gesangsstil aus Somalia, normalerweise ein Liebeslied. Und jetzt sang Jelly dieses Lied und ließ die Wörter fast zehn Sekunden in der Leere erklingen, bevor er loslegte. Eine Drumline und eine Bassline kamen hinzu, und dann schob sich, übergangslos, unerbittlich, andere Musik hinein. Soul, Rocksteady, sogar Calypso und kongolesische Rumba. Bei Bedarf schnappte Francis sich ein paar Platten und gab sie ihm. Ich hörte Stimmen, die mir bekannt waren: Gladys Knight, Smokey Robinson, Etta James, der Professa hatte mir die Namen mal genannt. Hörte Tablas und Discogedudel. Ein Gitarrenlick von Jimi Hendrix. Ein Blues-Riff, beschleunigt in eine digitale Zukunft. Jelly legte Stimmen übereinander, manipulierte das Tempo und ließ einen Mann wie eine Frau und eine Frau wie einen Mann klingen, und unter seinen Händen trat auf einmal die tiefere Bedeutung eines Songs, das darin ausgedrückte Gefühl umso wahrer hervor.

»Wow«, flüsterte Raj, der neben mir stand.

Wir waren wie erstarrt. Das war sehr viel gewaltiger, wilder, als wir gedacht hatten. *Abgefahrener*, selbst für Jelly. Nichts schien ihm zu abseitig zu sein. Country, Punk. Der Conductor hörte aufmerksam zu. Stile und Stimmen verschmolzen, Musik ging über in Lärm in Musik in Lärm. Weißhemd winkte, Schluss, das war's, aber Jelly war so konzentriert bei der Sache, dass er nicht aufhören konnte. Erst als Francis ihm an die Schulter tippte, wachte er auf, fuhr er alles herunter, hob die Nadeln an.

Die Jungs stürzten zu Jelly und gratulierten ihm, Francis stand daneben, schnaufend, ein Lächeln im Gesicht. Der Conductor hatte sich erhoben und klatschte, und schließlich bedankte er sich bei Jelly und seiner Crew für die Vorführung, großartig, sagte er, ein echtes Talent. Er meinte, wir sollten friedlich bleiben und weiter zur Schule gehen, und danach unterhielt er sich wieder mit Weißhemd. Wir rührten uns nicht und warteten, ich fragte mich selber, worauf. Schließlich wagte Francis sich vor.

»Wollen Sie noch etwas von ihm hören?«, fragte er.

»Danke«, sagte Weißhemd, ohne auch nur hinzusehen.

»Er könnte noch ein Set spielen, ganz kurz.«

»Danke! Eine andere Gruppe wartet schon.«

Francis blieb weiter stehen. Die Jungs aus dem Desirea's bedeuteten ihm, er solle mitkommen. Weißhemd drehte sich zu einem der Techniker um, in seinen Augen ein Was-soll-der-Scheiß.

Francis räusperte sich. »Sie melden sich also, wenn wir gewonnen haben?«, fragte er.

»Klar doch, Junge. Ganz sicher. Wir melden uns.«

Wir hatten schon geplant, am Abend im Desirea's zu feiern, und Dru meinte, er würde lieber gleich losgehen und bei den Vorbereitungen helfen. Die Jungs verließen einer nach dem anderen das Gelände, alle wandten sich, bevor sie aufbrachen, noch einmal voller Respekt an Jelly.

»Phänomenal«, sagte der Professa.

Aisha umarmte mich und sagte, wahrscheinlich könne sie später nicht ins Desirea's kommen. »Das war toll«, sagte sie zu Jelly und Francis. »Das ist die Wahrheit. Ist doch egal, was ein Veranstalter denkt. Ihr habt schon gewonnen.« Aber ihre Stimme, dachte ich, klang ein wenig zu lieb, und Francis schluckte nur und nickte. Wir waren die Letzten, Francis, Jelly und ich, und auf einmal schien alles meinen Bruder einzuholen: die schlaflosen Nächte nach der Schießerei und vor der Audition, die angespannte Erwartung, verpufft in einem einzigen, rasch abgebrochenen Auftritt. Francis quälte sich mit dem Gedanken, das ganze Setup sei Murks gewesen, die Plattenteller zu hoch aufgestellt und offenbar nicht justiert, die Nadel nicht auf dem Punkt, sie hätten ihnen einfach nicht genug Zeit gegeben.

»Ob die überhaupt wissen, wie sie uns erreichen können?«, sagte er. »Haben die unsere Kontaktdaten? Hat jemand gesehen, ob die überhaupt etwas notiert haben?«

Jelly hob die Schultern. Die Schlange war mittlerweile verschwunden, die Türsteher standen noch vor dem Zelt und flachsten. Außer ihnen war niemand mehr da, abgesehen von ein paar Reinigungskräften, die den Müll aufsammelten. Francis schaute zurück zum Zelt und zu den Türstehern und ging auf sie zu. Jelly und ich folgten ihm.

Vier waren es, ein Schwarzer und drei Weiße, und zunächst ignorierten sie uns. Aber dann tippte einer seinen Nebenmann an, und ihre Blicke wanderten zu uns.

»Ich muss mit dem Veranstalter sprechen«, sagte Francis.

»Tut mir leid, Kollege. Die Show ist vorbei.«

»Wir müssen nur mit ihm sprechen.«

»Hast ja gehört. Kommt keiner mehr rein.«

Sie bauten sich vor ihm auf, Riesenkerle, profimäßige Kleiderschränke, vollgepumpt mit Muskelpräparaten. »Regal Sport«, schmetterte es von ihren Brustkörben. Francis ging weiter auf sie zu, schaute ihnen fest ins Gesicht, und auf einmal knisterte die Luft.

»Also«, erklärte Francis, »wir waren eben da drin.«

»Echt, da drin eben«, sagte der Schwarze Türsteher.

»Bei der Audition. Wir haben performt.«

»Wow, *performt*, klar doch. Und euer Ding gemacht, ja? Du und deine *Homies*? Deine *Niggaz*?« Er verkrüppelte seine Finger, unterstrich, dass er kein Wort glaubte. Die weißen Türsteher lachten.

Jelly legte Francis die Hand auf die Schulter, aber Francis schüttelte sie ab. Jelly griff nach seinem Arm, diesmal ganz sanft, und flüsterte etwas, aber mein Bruder reagierte nicht. Die Türsteher lachten weiter. Ich konnte sehen, wie Francis die Tränen kamen. Er schluckte.

»Wir gehn jetzt rein«, sagte er.

»Das glaube ich nicht«, sagte der Schwarze Türsteher.

»Francis …«, sagte ich.

»*Francis*, hey, wie wär's, wenn du mal tust, was die kleine Bitch da …«

Die Faust traf den Mann auf die Nase, ein sattes Knirschen, er stolperte nach hinten. Und sofort begann der Kampf. In einer solchen Situation, wenn die Verzweiflung groß ist und man im Grunde nicht die kleinste Chance hat, geht man am besten aufs Ganze. Wahrscheinlich wusste das niemand so gut wie Jelly, und wir legten uns beide ins Zeug und droschen auf die Türsteher ein. Jelly schien zumindest zu treffen, meine Knöchel stießen kaum mehr als in die Luft, dafür bekam ich selbst einen schweren Schlag ab, so heftig, dass mein Kiefer nicht schmerzte, sondern taub war. Zweimal spürte ich etwas in den Rippen, was sich anfühlte wie ein Baseballschläger, dann wurde ich in einen Griff genommen. Ein Reißen in der

Schulter, und ich konnte nur noch zusehen, wie zwei der Türsteher auf meinen Bruder losgingen. Sie hatten ihm die Beine weggetreten, er lag jetzt auf dem Boden und versuchte, seinen Kopf vor den Fäusten und den Stiefeln zu schützen.

»Der Wichser hat mir die Nase gebrochen …«, sagte der eine.

»Halt ihn unten«, der andere.

»Mach ihn fertig. In die Fresse.«

Jelly war ebenfalls mit einem Griff fixiert, und er brüllte, als die Männer Francis immer wieder in den Bauch traten, ins Gesicht, sich ihm auf die Finger stellten. Von meinem Bruder hörte ich jetzt andere Laute, Stöhnen, Fluchen, dann ein Geräusch wie von einem Stock, der auf einen nassen Sandsack schlägt, hörte Laute, die sich aus seinem Mund quälten, aus seiner Lunge, aber kein Wort. Hörte mich selbst, wie ich *aufhören* sagte, mein eigener Mund jetzt angefüllt mit Salz.

Und tatsächlich hörte es auf. Ein Mann rief etwas. Es dauerte einen Moment, bis die Worte zu verstehen waren und mir bewusst wurde, dass jemand aus dem Zelt rief. Francis war still, er lag zusammengekrümmt da, mit dem Rücken zu mir.

Ich sah, wie die Türsteher zum Zelt gingen. Francis kam auf die Beine, aber er machte einen benommenen, verwirrten Eindruck, als wüsste er nicht, wo er sich befand oder was passiert war. Jelly versuchte, ihn zu halten, aber wieder schüttelte mein Bruder seine Hand ab. Ich stand zuletzt auf, bog mich vor Schmerzen in den Rippen. Francis spuckte Blut und brabbelte etwas vor sich hin,

Jelly sagte ein paar Worte zu ihm, es klang wie durch zermanschte Lippen. Francis bückte sich nach seiner Mütze, hielt sich die Seiten. Er wischte die Mütze vorsichtig ab und setzte sie auf. Wir humpelten los.

»He, ihr da!«

Weißhemd war das. Er stand am Eingang des Zelts und wedelte mit dem Telefon in unsere Richtung.

»Lasst euch noch einmal hier blicken, und ich hole die Polizei«, sagte er. »Verstanden? Schlägertypen wie ihr gehören verhaftet, dafür sorge ich.«

Bei jedem Atemzug taten mir die Rippen weh, und wenn ich mir mit der Zunge über die Lippe leckte, schmeckte sie nach Leber und fühlte sich an, als wäre sie nicht Teil von mir. Mein Mund war voll von flüssigem Salz. Richtig kaputt aber sah Francis aus. Sein linkes Auge war zugeschwollen, eine dünne Flüssigkeit lief heraus. Seine Nase war eine einzige Sauerei, die Lippen aufgeplatzt. Aus den Nasenlöchern floss Blut, er wischte es immer wieder mit dem Saum seines Hemds ab.

Jelly half ihm ins Auto. Er legte ihm sogar, als käme es noch darauf an, den Sicherheitsgurt um. Jelly wollte ihn ins Krankenhaus bringen, aber Francis schäumte. »Auf keinen Fall«, blaffte er. »Wenn die uns sehen, sitzen wir gleich im Knast. Auf gar keinen Fall.« Wir hielten an einer Tankstelle und wollten uns auf der Toilette vor dem Spiegel waschen, der dort in seinem gebürsteten Stahlrahmen hing, aber der Toilettenmann hielt uns zurück. Aus sicherem Abstand sagte er, er würde die Bullen rufen, wenn wir nicht abhauen.

Jelly fuhr wieder los. »Ich mache ihn im Desirea's sauber. Mit den anderen Jungs.«

»Nein«, sagte ich. »Setz uns einfach zu Hause ab, bitte.«

»Er braucht unsere Hilfe. Er braucht seine Leute.«

»Zuerst nach Hause«, sagte Francis. »Und meine Mütze?« Aber die war schon auf seinem Kopf.

Mutter stand von ihrem Sofaplatz auf. Sie hatte sich bereits bettfertig gemacht, war aber sofort hellwach, und in dem blauen, flimmernden Licht des Fernsehers sah sie ihren ältesten Sohn mit aufgerissenen Augen an.

»Francis!«, sagte sie.

Er taumelte auf sie zu. Sie hielt ihn fest, schloss die Augen, schob ihn sanft von sich und betrachtete sein Gesicht, ihre Nasenflügel bebten. Wir hatten getan, was wir konnten, aber er sah immer noch grässlich aus. Mit dem Ärmel ihres Bademantels wischte Mutter vorsichtig über den Schweiß und das verkrustete Blut. In seinem Blick lag eine unendliche Traurigkeit.

»Francis, was ist passiert?«

Sie drückte ihn an sich und sagte, er brauche jetzt Hilfe, sie kümmere sich darum. Was immer der Grund sei, was immer er getan habe, sie sorge dafür, dass ihm geholfen werde, versprochen. Mein Bruder gab leise Stöhnlaute von sich, tief aus seinem Bauch. Und im Flüsterton entschuldigte er sich für alles, für sein Gesicht, für das Blut auf ihrem Nachthemd, dafür, dass sie immer so schwer hatte arbeiten müssen.

»Ist gut, mein Junge. Sag jetzt nichts. Und hör auf zu weinen, bitte.«

»Es tut mir so leid, Mom.«

»Still jetzt. Setz dich aufs Sofa, Francis. Und bleib ganz ruhig sitzen. Ich verspreche dir, ich gehe nicht fort. Ich hole nur ein paar Sachen. Verbandszeug, Salbe.«

»Das alles tut mir so leid«, sagte er.

Sie lief ins Bad, und ich hörte, wie sie das Spiegelschränkchen aufmachte, in den Regalen wühlte, wie Sachen scheppernd ins Waschbecken fielen. Ich ging zu ihr, um zu helfen. Ich räumte die Toilettenartikel beiseite, die sie heruntergeworfen hatte, hielt ihre zitternden Hände und sagte, alles werde wieder gut, und sie schloss die Augen und rang um Fassung. Als wir ins Wohnzimmer zurückkamen, war Francis nicht mehr da.

»Bitte«, höre ich Aishas Stimme. »Du musst aufstehen.«

Ich liege im Wohnzimmer, auf dem Sofa und in denselben Sachen, die ich anhabe, seit ich von der Arbeit gekommen bin und die Party aufgelöst habe. Mir kommt es vor, als wäre es früh am Morgen, aber es ist noch dunkel, das Zimmer ist kalt, Schneeregen klatscht gegen die Fenster.

Aisha hockt neben mir. »Ein Unfall.«

»Was? Wo … wer?«

»Deine Mutter. Sie ist über die Avenue gelaufen. Jelly war bei ihr.«

Sie sagt noch etwas, aber ich höre es nicht. Ich springe so schnell auf, dass mir schwindlig wird, stolpere über meine Schuhe. Auf der rechten Spur der Avenue sehe ich Autos stehen, im Licht der Scheinwerfer eine kleine Gruppe von Nachbarn, ein Mann winkt den Verkehr vorbei. Ich renne los und sehe Mutter am Boden liegen. Sie ist in ihrem Nachthemd, von der Straße durchnässt, ich ziehe es ihr tiefer über die Beine. Sie atmet. Ihr rechtes Bein sieht geschwollen aus, ein schlimmer Bluterguss, ihre Augen sind fest zusammengepresst, sie ist also bei Bewusstsein. Jelly hat sich über sie gebeugt und flüstert ihr etwas zu.

»Ich bin Zeugin«, sagt Mrs Henry. »Ich habe gesehen, wie der Wagen sie angefahren hat.«

»Sie ist einfach auf die Straße gelaufen«, sagt ein Mann. »Ich konnte nicht mehr rechtzeitig bremsen.«

Der Mann ist nicht von hier. Er ist gut gekleidet, sein Auto groß und teuer. »Wie aus dem Nichts war sie plötzlich auf der Straße«, betont er noch einmal. Ein Nachbar sagt, sie hätten den Rettungswagen gerufen, und im selben Moment höre ich die Sirene. Ich schaue zu Mutter und sehe, wie Jelly ihre Lippen mit einem Tuch betupft.

»Fass sie nicht an!«, brülle ich.

»Sie hat Durst«, sagt Jelly.

»Nicht anfassen, verdammt noch mal!«

Jelly steht auf, schaut mir in die Augen. Mrs Henry drängt sich an mir vorbei. Sie beugt sich unter Mühen zu Mutter hinunter und legt ihr die Hand aufs Gesicht. »Ruth?«, fragt sie. »Alles wird gut.« Und dann singt sie, leise und mit geschlossenen Augen. »Komm nach Hause, Wanderer Zions. Komm nach Hause, Wanderer Zions.« Mutter nickt, ebenfalls mit geschlossenen Augen.

Der Rettungswagen kommt, die Sanitäter legen Mutter auf eine Trage und setzen ihr eine Maske aufs Gesicht. Sie fragen mich, ob ich hinten bei ihr mitfahren will, aber offenbar kriege ich keine Antwort heraus.

»Jelly und ich kommen dann zu euch ins Krankenhaus«, schaltet Aisha sich ein.

»Lasst uns in Ruhe!«, brülle ich.

»Michael …«

»Das meine ich ernst.«

Der Sanitäter fragt noch einmal, ob ich mitfahren will, und ich steige hinten ein, die Türen schließen sich, ich muss ihre Gesichter nicht mehr sehen.

Im Krankenhaus wird Mutter sofort abgeholt und weggebracht, jemand stellt mir ein paar Fragen. Haben Sie die Nummer ihrer Krankenversicherungskarte? Ist Ihre Mutter krank gewesen? Nimmt sie Medikamente? Gibt es psychische Vorerkrankungen, Verwirrtheit, Demenz? Wahrscheinlich habe ich den Kopf geschüttelt, ich weiß es nicht. Die surrenden Röhren über mir werfen ein chemisches weißes Licht, keine Schatten. Ich schaue hinauf und höre eine Weile auf das Geräusch. Die Stimme spricht jetzt langsamer. Vielleicht ein Schock, vielleicht gebrochene Knochen, aber erst mal macht meine Mutter einen stabilen Eindruck. Gut möglich, dass man sie zur Beobachtung hierlässt. Ich darf bestimmt bald zu ihr, könnte aber eine lange Nacht werden. Machen Sie es sich doch bequem.

Im Wartebereich stehen ein Kunstledersofa und ein Gummibaum und ein Beistelltisch mit einer Schachtel Kleenex. An der Wand hängt ein Fernseher, ich sehe Werbung für Autos, für Gemüsehobel, für Vitaminpräparate. Ein Mann mit getrimmtem Bart lässt nichts unversucht, den Leuten Kalzium und Zink aufzuschwatzen, Haifischknorpel und Hagebutten, geheime Heilmittel für die Lieben zu Hause.

Ich sitze schon eine Weile da. Wie viel Zeit vergangen ist, weiß ich nicht. Vor mir läuft der Abspann eines

Actionfilms, und auf einmal steht ein großer Mann im Kittel neben mir. Ich brauche peinlich lange, bis ich ihn als Krankenpfleger erkenne. Er lächelt freundlich. »Sind Sie der Sohn von Mrs Joseph?« Ich nicke, und er erklärt mir, dass man ihr rechtes Bein eingerichtet hat, keine einfache Sache, sagt er, aber auch nicht allzu schlimm. Ihre Hüfte scheint Gott sei Dank in Ordnung zu sein, allerdings reagiert sie nicht auf Fragen, weshalb sie sich nicht sicher sind, ob sie noch Schmerzen hat. Er möchte wissen, ob ich ihnen vielleicht behilflich sein kann, und ich nicke, finde weder die richtigen Worte noch meine Stimme. Ich fasse mir ans Gesicht, es ist feucht, und der Mann nickt ebenfalls und legt mir mitfühlend die Hand auf den Arm. Er stellt eine weitere Frage, aber anscheinend höre ich sie nicht, oder ich vergesse sie gleich. Und wieder nickt er.

»Schon gut«, sagt er. »Das ist ein bisschen viel auf einmal, ich weiß. Fangen wir noch mal von vorn an.«

SECHS

Als wir noch klein waren, nahm Mutter uns einmal mit an den Ort, wo sie geboren wurde. Ein Taxi kam, um uns zum Flughafen zu bringen, und wir halfen ihr nach Kräften mit dem Gepäck durch den Schnee, zwei Koffer und die Kartons, die sie gekauft hatte, darin ein Toaster, ein Radiorekorder und zwei Dosen Ahornsirup. Ich erinnere mich noch, wie uns das Taxi im Winterverkehr quer durch die Stadt fuhr und wie hell erleuchtet der Flughafen war, überall Werbung für Uhren und Autos und Kleidung und schicke Abendessen. Und wie wir dann zusammen mit anderen in einer langen Schlange standen, alle mit Koffern und Kartons, und wie Mutter auf einmal ganz durcheinander war, weil sie die Tickets nicht finden konnte, während wir aufgeregt und nervös die Gesichter der Menschen hinter uns musterten. Ein paar Touristen waren darunter, die meisten aber reisten »zurück« an diesen mysteriösen Ort, den manche – unsere Mutter niemals – Heimat nannten.

An den Flug selbst erinnere ich mich kaum, nur an vereinzelte Bilder und Eindrücke. Ich weiß noch, wie ich mich auf den Sitz gestellt und meine Hand in die über uns strömende Luft gehalten habe, wie ich eine der Lampen an der Decke immer wieder an- und ausgeknipst habe und dass Mutter zu müde war, um zweimal mit mir zu schimpfen. Und dass ich über meine Ohren geklagt habe und ein Passagier mir einen Erwachsenenkaugummi geschenkt hat, der viel zu stark nach Pfefferminz schmeckte. Dass ich darauf gewartet habe, endlich aussteigen zu können, und dass wir dann in einen anderen Flughafen gingen. Um uns herum war fast die gleiche Werbung für Uhren und Autos und Kleidung, die wir zu Beginn der Reise schon im ersten Flughafen gesehen hatten. Die Luft in diesem zweiten Flughafen war kalt, sie fühlte sich kälter an als die winterliche Stadt, von der wir losgeflogen waren, und ich fragte mich, ob man uns womöglich reingelegt hatte, ob wir in Wirklichkeit nirgendwohin geflogen waren oder ob die Welt vielleicht überall gleich aussah.

Doch als wir aus dem Flughafen hinaustraten, war es heiß. Die Sonne ging gerade unter, und wir stiegen in ein Auto, es war laut und stank selbst dann noch nach Auspuff, als wir schon fuhren. Der Fahrer war vielleicht ein Verwandter, aber ich erinnere mich nicht an eine Unterhaltung oder dass irgendwer jemanden vorgestellt hätte. Rings um den Flughafen stemmte sich ein gleißendes Lichtfeld gegen die heraufziehende Dunkelheit, und entlang der Straße sah ich Reklametafeln mit Werbung für schöne Unterkünfte vor weißen Sandstränden und dem blauesten Wasser. Aber je länger wir fuhren, stundenlang, wie mir schien, desto schwerer wurde es, überhaupt etwas zu erkennen. Ich sah nur noch das runde Gelb der Straßenlaternen und das gewellte Blech auf den Dächern von Häusern, dann immer weniger Laternen und schließlich nur noch den großen Mond und einen strahlenden Sternenhimmel. Der Duft von Blumen hing mir in der Nase, aber auch ein Geruch von Dung und Schlamm und Fäulnis.

Mutters Familie lebte in einem Dorf namens Ste. Madeleine im Inselinneren, und die Strecke war nicht nur lang, sondern auch zum Erbrechen kurvig. Aber irgendwann rumpelten wir über die Schlaglöcher einer unbefestigten Straße und hielten vor einem großen einstöckigen Haus. Ein Tier huschte davon und verschwand im Schatten, ein Reptilienschwanz, hast du gesehen, Mom? Aber Mutter war schon ausgestiegen und umarmte eine Frau, die herausgekommen war, kaum dass der Wagen vorfuhr. Francis nahm mich an die Hand, und der Erste, der mich an diesem Ort des »Zurück« oder der »Heimat« begrüßte, war ein gefleckter Hund, er stürzte auf uns zu, zerrte an einem zerfransten Strick und fletschte die Zähne.

Alle anderen im Haus schliefen schon, und es hieß, am Morgen würden wir einander richtig vorgestellt. Mutter sollte sich irgendwo im Haus das Bett mit der Frau teilen, die sie begrüßt hatte, ihrer Schwester, und Francis und ich bekamen auf dem Boden des Wohnzimmers eine Matte für uns beide. Wir putzten uns die Zähne draußen, an einer Leitung mit nur kaltem Wasser. Als ich vor dem Schlafengehen noch mal aufs Klo wollte, trat ich auf etwas Hartes, was sich aber bewegte, ein Insekt von urzeitlicher Größe, wie mir schien, und wütend schnarrend flog es davon.

Francis und ich legten uns auf die Matte, jemand machte das Licht aus, aber wir konnten nicht einschlafen. Wilde Wesen riefen in der Dunkelheit, und die Luft war ein einziges Insektenbrummen, lauter als der Verkehr zu Hause. Im Fenster stand der Vollmond, er leuchtete so hell wie eine kalte weiße Sonne, und Milliarden von Sternen zeigten ein Universum, wie wir es uns nie hätten vorstellen können. Ich musste an die Geschichten denken, die Mutter uns manchmal erzählte und in denen sich Geister und Gespenster tummelten, Wesen, von denen einfältige Kinder dachten, sie würden ihnen begegnen, wenn sie allein hier herumliefen. Geschichten von Soucouyants und Lagahoos. Und von Douens, kleinen Kindern, die starben, noch bevor sie getauft werden konnten, und die dann durch die wilden bewaldeten Gebiete streiften und lebende Kinder in den Tod lockten. Die Geschichten sollten uns keine Angst einjagen, und das taten sie auch nicht. Die Namen, die man diesen Wesen gegeben hatte, waren viel zu seltsam, als dass wir uns vor ihnen fürchteten.

In dieser ersten Nacht an Mutters Geburtsort hatte ich allerdings wirklich Angst. Angst vor etwas mir Unbekanntem, etwas Altem und Unbegrabenem, und dieses Etwas lauerte in der Dunkelheit und war uns jetzt näher als jemals zuvor. Ich weiß noch, wie ich neben Francis wach lag und zum ersten Mal den Schrei eines Hahns hörte, meine Hand schloss sich fest um die Hand meines Bruders. Die Sonne war noch nicht aufgegangen, und ich schaute zu ihm, er lag ruhig und mit weit offenen Augen da. Ich sah ihn an und suchte nach irgendeinem Hinweis, der mir sagte, woran ich war, sei es eine leichte Bewegung seines Ohrs oder seines Kiefers oder dieses Bereichs zwischen Mund und Nase, der immer so viel verriet. Als Francis mich dabei ertappte, schluckte er und nickte.

»Hab keine Angst«, sagte er.

Am Morgen war alles anders. Wir fanden uns in einer Wolke von Onkeln und Tanten wieder, von älteren Cousins und Cousinen. Nora wurde uns gebührend vorgestellt, Mutters ältere Schwester, sie war etwas korpulenter. Wir lernten einen sehr alten und hageren Mann kennen, bei dem das Weiße um die Iris braun war, das war mein Großvater, er verließ nie sein Bett. Und eine weitere »Tante« namens Beulah, ihr verwandtschaftliches Verhältnis zu uns blieb vage, und sie hatte den schärfsten Blick und eine ekelhafte Wunde am Mund, die man irgendwie aber auch immer anfassen wollte. Wir lernten viele »Cousins« kennen, Jungen und Mädchen, mit denen Francis und ich um zig Ecken verwandt waren, sie musterten uns von Kopf bis Fuß und schienen nie zufrieden mit unseren Antworten auf ihre Fragen nach »Amerika«.

Was war das für ein Herkunftsort, an den wir gereist waren? In den Jahren danach hörten Francis und ich immer wieder die Wörter »Sklaverei« und »Kontraktarbeit«. Und wir erfuhren, dass die Karibik nach Menschen benannt war, die man mit Mord und durch Krankheiten fast aus dem Gedächtnis ausgelöscht hatte. Aber was von all den Geschichten erkannten wir wieder in diesem Land, das wir als Kinder sahen? Um uns herum waren aufgegebene Zuckerrohrfelder und brachliegendes Ackerland, getüpfelt mit hüttenähnlichen Behausungen. Wir hörten, wie unsere armen Schwarzen Verwandten von »Kulis« sprachen und unsere armen indischen Verwandten von »Niggern« und wie beide Seiten vor Lachen prusteten, wenn von der »Karibin« die Rede war, einer entfernten Verwandten, die auf dem Markt Kräuterpaste verkaufte und offenbar nicht ganz richtig im Kopf war. Das alles mussten wir irgendwie auch zusammenbringen mit dem modernen Flughafen, von dem wir gekommen waren, und der Werbung für feine Restaurants und Hotels, mit den Luxusautos und Bürogebäuden, die wir in der Hauptstadt gesehen hatten. Die weißen Strände auf den bunten Plakaten waren für die eigentlichen Touristen reserviert, denn der Strand, an den wir gingen, war klein und steinig, dem Sand haftete eine schwarze Klebrigkeit an und ein teeriger Geruch. Auf dem Wasser trieb hier und da gelber Schaum, diese Stellen sollten wir meiden, und Tante Beulah erzählte uns, vor Jahren sei ein ausländisches Schiff von der Ölraffinerie auf der Insel losgefahren und auf einen Felsen aufgelaufen, ein großer Teil der Ladung sei ausgeströmt.

Aber Schönheit gab es auch hier. Das Meer selbst war ein einziges Lichter- und Farbenspiel. Über die Hügel zog sich ein sattes Grün, und überall waren Eidechsen und die leuchtendsten Vögel, sie machten einen fröhlichen Radau. Auch unsere Verwandten waren sehr schön, in beiden Linien unserer Familie. Diese Menschen konnten wie beiläufig ihren Spott über andere ausgießen und gleich darauf lachen. Es gab ein Suppengericht mit Fleisch, das für uns aussah wie Abfall, und wir schauderten beim Anblick des gespaltenen Kopfs und der Füße mit den knorpeligen Stücken in Rosa und Weiß. Aber dann probierten wir und wollten noch mehr. Und Eiscreme gab es, ein Nachbar stellte sie in einem Behälter mit Steinsalz und einer Handkurbel selber her.

Einmal gingen wir abends mit zu einer alten weißen Kirche. Wir wurden als »Brüder« begrüßt und zum Gottesdienst hineingeführt. Drinnen brannten viele Kerzen, die Menschen waren in unterschiedlichen Farben gekleidet. Der Prediger hielt ein Buch in der Hand, las aber nur selten daraus vor. Stattdessen schlug er immer wieder energisch mit der Hand darauf, während die Gemeinde in einer unverständlichen Sprache irgendetwas rief. Er sprach von Erlösung und von Verfolgten, von Kanaan und von gelobten Ländern und wie Gott einem jeden einen geheimen Namen gab, den tiefen Namen, den nur er kannte, und eines Tages würde er uns rufen, und wir würden, ohne zu zögern, antworten.

Das alles verwunderte mich sehr, ein solches Spektakel hatte ich bei Erwachsenen noch nicht gesehen, und als ich Francis einen fragenden Blick zuwarf, sah ich, wie er gebannt und mit feuchtem Gesicht dieser seltsamen Sprache lauschte, dieser Musik und dem Lärm.

An die Fahrt zurück zum Flughafen erinnere ich mich noch gut. Und ich weiß noch, dass Tante Beulah von niemandem gebeten wurde mitzukommen, dafür saß die andere Schwester meiner Mutter bei uns im Auto. Sie sagte, wie traurig es sie mache, dass ihre Schwester und die Jungs abreisten. Wann wir denn zurückkämen? Wann würde meine Mutter ihre Neffen und Nichten wiedersehen? Sie vermisste die Gesellschaft unserer Mutter und ihre Scherze. Vermisste die Zeiten, als sie zusammen in die Stadt zum Tanzen gefahren waren. »Tanzt du immer noch so gern, Ruth? Gehst du immer noch tanzen?«

»Manchmal«, sagte Mutter und schaute auf die vorbeiziehenden Felder.

In der Stille, die darauf folgte, fand meine Tante die Worte für ein Geständnis. Es sei für sie nicht leicht gewesen in all der Zeit. Manchmal, erklärte sie, sei sie sogar eifersüchtig auf ihre ältere Schwester, auf das perfekte Leben, das nur sie allein gefunden habe, indem sie weggegangen sei.

Mutter sagte nichts. Sagte nicht, dass unser Vater uns vor Jahren verlassen hatte. Gab nicht zu, dass sie weder Zeit noch Geld gehabt hatte, um ihre Ausbildung als Krankenschwester zu beenden. Sprach nicht die Schulden an oder den täglichen Kampf oder die Schmerzen, die sie oft plagten. Sie nickte nur, und die ganze weitere Fahrt schaute sie durchs Fenster auf die Kokospalmen, die schwarz in den Abendhimmel ragten, auf die verwahrlosten Zuckerrohrfelder, die sich ausdehnten wie das Meer.

Aber es war nicht nur »sie allein«. Im Park gab es überall Mütter, die weit über die Grenzen des Vertrauten hinaus gereist waren, die tagsüber die Schulbank drückten und nachts arbeiteten, die davon träumten, Kinder aufzuziehen, die einmal ein bisschen mehr haben sollten als sie selbst und die der Lohn für all die Opfer wären, eine Entschädigung für die Vergangenheit. Und es gab Triumphe, das durfte man nicht vergessen. Ängste wurden aufgelöst im Duft köchelnder Töpfe, Verunglimpfungen gekontert mit einer frisch gewaschenen und gebügelten Tischdecke. Der eigenen Geschichte ließ sich ein Schnippchen schlagen mit der Beschaffung von Kleidung und dem jährlichen Schulmaterial. »Beispiele« wurden großgezogen.

Auch bestand Mutters Leben, wie das der anderen, nicht nur aus Aufopferung und Durchhalten. Da war immer noch etwas anderes, waren Freuden und Gedanken, die wir nur erahnen konnten. Etwa wenn sie in ihren Schönheitssalon ging und ihren Kopf nach hinten ins Waschbecken legte, die Augen vor Wonne geschlossen, in ihrem Haar die Hände einer anderen Frau. Oder als unser Nachbar Sonny Barrington einmal seinen Arm um sie legte und ihr etwas ins Ohr flüsterte, worauf sie lachen musste, ein albernes, herzliches Lachen. Oder als sie einmal einen ganzen Tag auf dem Sofa blieb, in der Hand ein unglaublich dickes Buch aus der Bibliothek, ohne sich auch nur ein einziges Mal verrückt zu machen, weil irgendwas im Haushalt zu tun war. Kapitel um Kapitel in stiller Abgeschiedenheit, ein konzentriertes Hinaufgreifen ans Ohrläppchen, ein sanftes Kneifen, wenn etwas auf der Seite sie stocken ließ.

Dann das Rouge Valley. Tatsächlich war es Mutter, die Francis und mich mit diesem Ort bekannt machte. Als wir noch klein waren, ging sie mit uns über den Kaninchenpfad hinunter, wir setzten uns am Bach ins Gras und aßen etwas, ignorierten das Krabbelgetier und hielten uns den streunenden Hund vom Leib, den wir Rudebwoy genannt hatten und der immer an uns schnüffelte und um Futter bettelte. Ganze Jahreszeiten verbrachten wir dort unten. Den Herbst, wenn der Talgrund ein rot-gelb-oranges Becken war. Den Winter, wenn die Bäume kahl waren, das Eis den Bach einschloss und unser Atem an ruhigen Tagen wie reinstes Kalzium in der Luft stand. Den Sommer, wenn der Bach verkümmerte, die Beeren am Wegrand bei der kleinsten Berührung aufplatzten und um uns herum die Insekten brummten, schwer und müde von den Pollen und vom Nektar. Und diesen zauberhaften Frühling, daran erinnere ich mich noch gut, wenn das Wasser des Bachs nach der Eisschmelze besonders tief war und dahinschoss. Wenn überall die flaumigen Flocken irgendeiner Pflanze in der Luft schwebten, weiße Sporen, Millionen davon, eine jede eine Erinnerung, ein Traum, der darauf wartete, zu landen und zu erblühen.

Für unsere Mutter gab es immer ein verborgenes Leben, und im Rouge konnte sie es uns zeigen. Die Monarchfalter zum Beispiel, die auf ihrem Weg hierher ganze Länder durchquert hatten. Oder den Raubvogel, den sie eines Tages entdeckte, als man sie und alle anderen Beschäftigten Knall auf Fall entlassen hatte, ein Rotschulterbussard, pure Wildheit und Stolz. Einmal sogar, auf dem Rückweg nach Hause, einen Waschbären, der von einer Mülltonne kam, furchtlos und auf Zehenspitzen und mit majestätisch hochgerecktem Hinterteil. Sie zeigte uns die Trauerweide und den Ahorn, diesen großen Vater der Bäume mit seiner gerippten Rinde, wo der Saft herausquillt, ein Meer klebriger Nährstoffe für Insekten. Ein andermal hielt sie Francis einen Kiefernzweig vor die

Nase und lächelte etwas schief, als mein Bruder dem eigenartigen Geruch einen Namen gab.

»Meister Proper!«, sagte er.

Was steckte hinter diesen Ausflügen, was erhoffte sie sich? Was erträumt sich eine Mutter von einem Land? Als Francis wieder einen seiner Albträume hatte, wie immer gepackt von einem unmöglich zu benennenden Schrecken, nahm Mutter uns einfach mit ins Rouge. Sie legte sich zu uns ins Bett und erzählte mit geschlossenen Augen und vor Erschöpfung traumgleicher Stimme von kleinen Faltern, die in Schwärmen um die hässlichen Strauchbüschel am Ufer des Baches flatterten. Und wenn man nicht genau hinsah, kam man gar nicht auf die Idee, dass es Falter sein könnten. Man hielt sie für irgendwelche Papierschnipsel, die im Wind hin und her schaukelten. Als hätte sich jemand ein altes Buch genommen, die Seiten zerrissen und in die Luft geworfen. Buchstaben, die einander verloren gingen. Ein verstreutes, nutzloses Alphabet. Ohne jeden Sinn …

»Mom?«, sagte Francis und schaute sie besorgt an.

»Du musst näher hinsehen«, sagte sie, die Augen weiterhin geschlossen. »Halt die Hand auf, dann kannst du sie spüren. Das ist kein Müll. Das sind Lebewesen. Und sie fliegen.«

Über einen Vorfall aus unserer Kindheit sprachen wir in der Familie nie. Eines Nachmittags hatten ein paar junge Männer einen Lebensmittelladen betreten, in einem Wohnviertel, das wir nicht kannten, und recht stümperhaft einen Raubüberfall verübt, sie schossen einen Verkäufer nieder und ließen ihn sterbend liegen. Aber in dem Geschäft hing eine Überwachungskamera, und alle Sender der Stadt zeigten nun die unscharfen Aufnahmen der Mörder.

Mutter hatte eine zwölfstündige Nachtschicht, also waren Francis und ich allein zu Hause, wir saßen vor dem Fernseher und sahen die Aufnahmen der Täter. Sie bewegten sich ruckartig, am unteren Rand lief ein Timecode. Sie trugen dicke Jacken, die Schultern hochgezogen, die Hände tief in den Taschen, einer zog beim Reinkommen den Mützenschirm herunter. Aufschlussreichere Details gab es nicht. Nur Schemen. Ein Mord und drei ununterscheidbare dunkle Gesichter, die nun in der Stadt umgingen. Am nächsten Morgen steckte schon früh die Zeitung im Briefschlitz, auf dem Abonnement hatte Mutter selbst in schwierigsten Zeiten bestanden, und auf der Titelseite prangten dieselben Bilder, im Innenteil gab es dann noch mal einen Bericht und sogar einen Leitartikel, auch wenn mir das damals natürlich noch nichts sagte. Francis war sieben und lernte gerade lesen, lernte zu verstehen, was Tag für Tag in Sprache umgesetzt wird, und so entzifferte er die Wörter rings um die Schwarzen Gesichter. Ich saß neben ihm und konnte spüren und riechen, wie die Angst in ihm aufstieg, auch wenn er das nie ausgesprochen hätte.

Es war schon Tag, und Mutter war noch nicht zurück, aber Francis und ich waren immer noch auf. Francis hatte zur Sicherheit einen Stuhl an die Tür geschoben, das hatte er mal so im Fernsehen gesehen. Doch als Mutter kam, konnte sie die Tür mühelos aufdrücken.

»Meine Jungs«, sagte sie leise.

Sie kam zu uns ans Sofa, setzte sich auf die Armlehne neben meinen Bruder und sagte, es tue ihr leid, dass sie so lange weg gewesen sei, aber Francis wandte sich gleich wieder der Morgenshow im Fernsehen zu, als wäre das auf der Mattscheibe vorgeführte Kuchenbacken das Wichtigste der Welt. Ich erinnere mich noch, wie Mutter die Zeitung, die Francis gelesen hatte, in aller Ruhe fest zusammenrollte, die gleiche Zeitung, die wahrscheinlich auch sie auf dem Heimweg gelesen hatte. Und wie sie versuchte, den Arm um Francis zu legen, aber mein Bruder rutschte zur Seite. Sie sah müde aus. Sie roch nach Schweiß und Putzmittel.

»Kommt, wir fahren jetzt mal wohin«, sagte sie.

Wir nahmen einen Bus und dann einen Nahverkehrszug und kamen zu einem Einkaufszentrum, das sehr groß war und sehr hell und mit polierten Marmorböden. Überall waren schicke Läden, wo Kleidung und Kosmetika verkauft wurden, in den Auslagen hingen lebensgroße Bilder von schönen Menschen, einige hatten hellbraune Gesichter. Während wir von Geschäft zu Geschäft gingen, schienen die Angestellten uns mit höflicher Aufmerksamkeit zu folgen. Mutter hatte sich nicht umgezogen und war noch in ihrer Arbeitskluft, und wenn sie sich auf den Marmorplatten näherte, kündigten ihre Turnschuhe sie mit einem lustigen Quietschen an. Eine der Verkäuferinnen kam ohne ein Lächeln auf uns zu und fragte: »Kann ich Ihnen helfen?« »Nein danke, wir machen nur einen Schaufensterbummel«, sagte Mutter fröhlich. Wir kamen an einer großen Skulptur aus blankem Edelstahl vorbei, und ich sah uns darin gespiegelt und musste feststellen, dass Francis und ich auch nicht gerade toll aussahen.

»Nein danke, nur ein Schaufensterbummel«, erklärte Mutter jedes Mal wieder.

In dem Einkaufszentrum gab es ein Kino, und Mutter ging mit uns in einen Actionfilm. Es war das Übliche, jede Menge Ballerei und Heldentum unter wallendem Haar, Explosionen vor tropischer Kulisse, der Jeep der Guten ohne Geschwindigkeitsbeschränkung. Und natürlich mit Happy End, aber irgendwie waren wir erschöpft, als hätte der Film uns die Luft aus dem Leib gepustet. Danach entdeckten wir in einem Schnellrestaurant zum Glück einen freien Tisch, direkt unter einem an der Wand hängenden Fernseher, und trotz des Gedränges konnten wir ihn ergattern. Mom holte für uns Hot Dogs und Cola und für sich einen Becher Kaffee.

Niemand sagte ein Wort. Wir hatten alle die Nacht nicht geschlafen, und was immer gewesen war, schien tonnenschwer auf uns zu lasten. Mein Bruder schwieg weiter und wich Mutters Blicken aus. Um uns herum erklangen geheimnisvolle leise Stimmen, und ich war irritiert, ein bisschen panisch sogar, bis mir klar wurde, dass das bloß die Nachrichten aus dem Fernseher über uns waren. Mutter hielt ihren Styroporbecher, ohne daraus zu trinken. Umfasste ihn mit beiden Händen. Als schöpfte sie all ihre Energie aus dem bisschen Wärme. Auf dem Kaffee schwamm eine dünne weiße Haut.

Über Lautsprecher kam eine Durchsage, das Einkaufszentrum schließe bald und der Gastronomiebereich sei zu verlassen, aber Mutter schien es nicht zu hören. Drei weiße Jungs hatten zu uns rübergeschaut.

»Ihr sollt gehen«, sagte einer. »Hier wird geschlossen.«

»Wir sind gleich so weit«, sagte Mutter.

»Hey«, sagte einer der anderen. »Nicht gehört, was der sagt? Ihr habt hier nichts mehr zu suchen. Sperrt besser mal die Ohren auf.«

»Lasst uns in Ruhe«, sagte Francis.

»Francis!«, sagte Mutter.

Auf den Gesichtern der drei erschien ein Lächeln. »*Francis*«, wiederholten sie und grinsten.

Francis stand auf und ging zu ihnen hin, doch ein Stoß genügte, und er fiel rücklings auf den Hintern. Er kam wieder auf die Beine und ging noch einmal los, aber Mutter schob sich dazwischen. Die Jungs fassten sie an, packten sie am Kittel, zerrten und schubsten, versuchten sie aus dem Gleichgewicht zu bringen, Francis und ich schrien. Einer der drei schien einen Armhebel ansetzen zu wollen, aber Mutter konnte sich lösen und knallte ihm eine. Der Junge hielt sich die Wange, wich zurück. »Niggerfotze«, brummte er.

Als die Verteidiger des Einkaufszentrums gegangen waren, strich Mutter rasch ihren Kittel glatt und zupfte sich das Haar zurecht. Sie wischte den Schmutz von Francis' Hemd und nahm unsere Gesichter in die Hände.

»Nur ein paar ungezogene Bengel«, sagte sie und versuchte zu lächeln.

Zu Hause machte Mutter ein paar Brote für alle, aber niemand hatte Hunger, und danach hatte, zum ersten Mal überhaupt, niemand von uns Lust auf Fernsehen. Wir zogen unsere Schlafanzüge an, und Francis' Ärger verflog.

Er bat Mutter, bei uns zu bleiben, und wir durften neben ihr im unteren Bett liegen und ihre Wärme spüren, auch wenn sie noch nach der durchgearbeiteten letzten Nacht roch. Es war ein matter, unbestimmter Geruch, nicht nur von Schweiß und einem Rachen, dem die Erschöpfung und die versäumten Mahlzeiten anhingen, nicht nur von Chemikaliendämpfen auf der Haut und im Haar, sondern von etwas anderem. Etwas Altem, das für immer haften blieb. Sie strich uns über die Köpfe und begann, eine ihrer Geschichten zu erzählen, eine Geschichte von vor langer Zeit und in einem anderen Land, diesmal von Kindern, die von bösen kleinen Wesen in einen Wald gelockt wurden, aber immer wieder unterbrach sie, verlor jedes Mal den Faden. »Tut mir leid, ich bin so müde, ich kann nicht mehr.« Sie stand auf, bat Francis, sich wieder ins obere Bett zu legen, und löschte das Licht. Dann lag ich mit Francis in der Dunkelheit. Es war die erste Dunkelheit seit dem Raubüberfall.

Ich versuchte die Augen zu schließen, träumte aber sofort, vielleicht genau wie Francis, von den gesuchten Männern, sah ihre formlosen dunklen Gesichter. Vor dem Haus hatten die Bäume Eiskrallen, und der Wind blies und rüttelte an den Fenstern und fegte den Schneeregen an die Scheiben.

Draußen ein Schrei. Das Aufheulen eines dicken Motors auf der Avenue.

Francis kletterte von seinem Bett herunter, half mir aus meinem heraus und ging mit mir durch den Flur zu Mutters Zimmer. Mutter schlief nicht, sie hatte nicht mal ihre Arbeitssachen ausgezogen. Sie saß einfach im Dunkeln auf ihrem Bett. Ihr Gesicht wandte sich uns zu.

»Er hat Angst«, sagte Francis, seine Hand auf meiner Schulter.

»Angst? Wovor denn Angst?«

»Weiß ich nicht. Vielleicht vor den schwarzen Mördern.«

»Vor … *wem*?«

»Den Mördern. In den Nachrichten. Den schwarzen Männern …«

Sie schloss die Augen, presste die Finger gegen die Schläfen. Dann fing sie sich wieder. »Das sind *Kriminelle*, Francis. *Kriminelle* werden von der Polizei gefasst und bestraft. Die haben keine Chance. Versteh doch bitte. Wir haben Glück, dass wir hier wohnen. Hier sind wir sicher.«

»Er glaubt nicht, dass wir hier sicher sind.«

»Sind wir aber, Francis.«

»Sind wir nicht. Waren wir noch nie.«

»Du bist müde und durcheinander. Bitte beruhige dich, mir zuliebe.«

»Du sagst ihm nicht die Wahrheit.«

»Doch, das tue ich.«

»Das glaube ich dir nicht.«

»Du *musst* mir aber glauben.«

Sie packte Francis am Arm und schüttelte ihn. Seine Miene verzog sich, erst vor Schmerz und dann, als sich ihre Blicke trafen, vor Schreck. Mutter fasste sich ans Gesicht und merkte, dass sie weinte.

»Was ist passiert?«, fragte Raj. »Warum sagt keiner was? Wer hat das getan?«

Ich war Francis hinterhergelaufen und hatte ihn beim Einkaufszentrum schließlich eingeholt, ein paar Ladenbesitzer, die im Dunkeln zur Arbeit kamen, waren stehen geblieben und starrten auf diesen blutverschmierten jungen Mann. Ich half ihm ins Desirea's, die Jungs kamen sofort herbei und setzten ihn in einen Frisörstuhl. Für einen Moment standen sie ebenfalls da und starrten. Aber dann legte Dru los, nahm Verbandsmull und medizinisches Klebeband und tat, was er konnte. Francis war nicht gerade kooperativ. Er schien betrunken zu sein, warf sich herum und redete mit sich selbst.

»Still gesessen, Homeboy«, sagte Dru. »Nur noch ein bisschen.«

»Ich kapier's nicht«, sagte Raj mit einem Blick zu Jelly. »Das soll bei der Audition passiert sein? Hat man euch überfallen?«

Jelly antwortete nicht. Dru schaffte es, Francis' zugerichtetes Gesicht an ein paar Stellen zu verarzten, die Verbände blühten rot auf. Als er eine weitere Wunde mit einem alkoholgetränkten Tuch abtupfen wollte, fluchte Francis und riss den Kopf zur Seite.

»Ganz ruhig, Homeboy«, sagte Dru. »Du musst runterkommen.«

»Er muss ins Krankenhaus«, sagte Jelly. »Seine Augen … seine Pupillen sind unterschiedlich groß.«

Francis erhob sich unsicher von seinem Stuhl und ging auf Raj zu, aber Dru stellte sich ihm in den Weg und erklärte mit sanfter Stimme, er müsse sich wieder setzen.

Jelly sagte dasselbe und fasste ihn am Arm. Francis schwankte ein wenig, sah Raj wütend an.

»Bitte, was ist mit dir?«, fragte Raj.

»Mit *mir*?«, sagte Francis. »Guck dich doch an. Ihr alle hier.«

Raj blinzelte, schaute zu Jelly und zu Dru, ließ den Blick über die anderen wandern, sämtlich auf den Beinen jetzt. Trance, Kev, Raj, Dru. Gene. Hatte ich das erst in dem Moment begriffen? Wir waren die Loser und Möchtegerns der Gegend. Waren die Kinder vom Dienstpersonal, ohne Zukunft. Waren nicht, was die Eltern von uns erwarteten. Waren nicht, was andere Erwachsene von uns erwarteten. Wir waren Nobodys, waren auch nur irgendeine namenlose Stadt.

»Wir träumen uns was zurecht«, sagte Francis. »Das hätte nie geklappt.«

»Mensch, Homeboy«, sagte Jelly und zog ihn wieder auf den Stuhl.

»Niemand hört zu. Es gibt für uns keinen Weg.«

Jelly antwortete ihm nicht mit Worten. Er diskutierte nicht. Er strich ihm nur über den Rücken, über den Hals. Nahm das Gesicht meines Bruders in die Hände und legte die Stirn an seine.

So stand Jelly da, Stirn an Stirn mit Francis, als die Cops auftauchten, einer der Uniformierten zog gleich eine Miene, die Lippen gekräuselt. Diesmal waren es viele Polizisten, mehr als beim letzten Mal, und in voller Montur, sie schwitzten unter ihren Schutzwesten. Einer sagte, ein Ladenbesitzer habe sie gerufen, irgendwas mit einer

Schlägerei, ein Junge schwer verletzt, und Dru hob zu einer Erklärung an, nein, da sei nichts dran. Der Polizist deutete auf Francis.

»Und was ist mit dem?«

»Nichts«, sagte Dru. »Er hat sich verletzt, ja. Wir kommen schon klar.«

»Okay«, sagte der Polizist. »Dann die Ausweise raus. Und alle mal an die Wand. Ihr kennt das Spiel.«

»Na los, Fran«, sagte Jelly.

Er versuchte, Francis vom Stuhl aufzuhelfen, und ich fasste ebenfalls mit an, die Gliedmaßen meines Bruders waren stocksteif. Er hatte eindeutig Schmerzen, und als er auf die Beine kam, fluchte er und riss seine Arme von uns weg. Er trat gegen den kleinen Metallständer mit Drus Scheren und Haarschneidemaschinen. Das Ding fiel scheppernd um.

»Ihr drei«, sagte der Polizist, »auseinander!«

»Er ist verletzt«, erklärte Jelly. »Wir helfen ihm nur auf.«

»Darum kümmern wir uns. Ihr tut, was wir sagen.«

»Was haben wir denn getan?«, rief Francis mit brüchiger Stimme.

Er schüttelte sich, damit wir ihn losließen, hielt sich mühsam auf den Beinen und machte, um Halt zu finden, einen schwankenden Schritt nach vorn. Ein Anblick war das, selbst für mich. Er war in Schweiß ausgebrochen, so groß waren jetzt die Schmerzen. Er hustete und spuckte aus, aber nur halb, etwas Zähflüssiges klebte ihm an der Lippe. Ich sah, wie einer der Polizisten den Verschluss an seinem Holster öffnete.

»Setzen Sie sich wieder hin, Sir«, sagte der Mann.

»Jetzt mach schon«, sagte Dru.

»Na los, mach schon«, sagte Gene, fast flüsternd.

»Nein«, sagte Francis. »Erklären Sie es uns. Was haben wir getan?«

Er stolperte voran, sein Körper steif.

»Bleiben Sie, wo Sie sind«, hörte ich einen der Polizisten. »Keinen Schritt weiter.« Wieder ging ein Holsterverschluss auf. Und als eine Pistole gezogen wurde, war mir sofort schwindlig, die Welt fing an, sich um die Waffe zu drehen, ich konnte mich nicht rühren. Jelly tat, als hätte er nichts gehört, immer noch an Francis' Seite, aber Francis blieb nicht stehen, ging weiter mit Jelly auf den Polizisten zu, der ihn angesprochen hatte. Mein Bruder zitterte, aber da war auch eine Energie, eine durch nichts aufzuhaltende Kraft. In seinen Augen standen schon die Tränen, und als er lächelte, brach der Schorf an seiner Lippe auf, die Zähne waren jetzt rot verschmiert.

»Sie denken, ich bin verrückt«, sagte er. »Sie denken, ich bin gefährlich.«

»Ich denke, dass Sie sich besser hinsetzen, Sir«, sagte ein Polizist.

»Nennen Sie mich nicht Sir. Und hören Sie auf mit dem Getue. Antworten Sie auf meine Frage. Geben Sie mir eine Erklärung.«

»Wir werden Sie nicht ein zweites Mal auffordern«, sagte ein Polizist.

»Tun Sie, was er sagt«, ein anderer.

»Fran«, sagte Jelly. »Bitte.«

Mein Bruder taumelte weiter. Seine Augen zwei Seen.

Sein Lächeln immer breiter. »Und zwar heute«, sagte er. »Heute sagen Sie mir, was ich getan habe.«

»Keine Bewegung!«

»*Jetzt*. Nicht irgendwann.«

»Kei-ne-Be-we-gung.«

»Francis«, flüsterte ich.

Zumindest glaube ich, dass ich das gesagt habe. Dass ich seinen Namen gesagt habe. Ich hatte gesehen, wie ein Polizist Jellys Arm packte. »Nicht anfassen!«, rief Francis, und es war vorbei. Ich erinnere mich nicht mal an den Schuss. Mein Bruder ist einfach umgekippt.

SIEBEN

Es ist früh am Morgen in der Notaufnahme, eine Krankenschwester hat mir mitgeteilt, wie es um Mutter steht. Körperlich nichts Ernsthaftes, nur ein Haarriss im Oberschenkel. Das Auto, das sie angefahren hat, konnte wohl noch abbremsen, sagt sie, und es geht ihr den Umständen entsprechend gut. Sie hat ein starkes Schmerzmittel erhalten, vielleicht ist sie deshalb noch nicht richtig ansprechbar. Bald kommt der Arzt mit den Ergebnissen der letzten Untersuchung, erst dann kann sie entlassen werden. Die Schwester kann nicht genau sagen, wann. Es war ungewöhnlich viel los in der Nacht, erklärt sie. Andere dringende Fälle.

Von einem Fall weiß ich. Vor ein paar Stunden wurde ein Jugendlicher auf einer Trage im Laufschritt auf die Station gegenüber gebracht. Er war bewusstlos, Kopf und Hals in einer stabilisierenden Vorrichtung. Zwei andere waren bei ihm. Ein Junge, wahrscheinlich sein Bruder, in einer Bomberjacke, wie sie heute offenbar jeder Zwölfjährige trägt. Und eine Frau, bestimmt seine Mutter, büromäßig in Rock und weißer Bluse. Der Junge auf der Trage wurde sofort an die Monitore angeschlossen, bekam eine Sauerstoffmaske aufgesetzt und einen Zugang für einen zweiten Tropf gelegt, während die Mutter Fragen beantwortete. Wie alt noch mal, Ma'am? Eingenommene Medikamente? Irgendwelche Allergien? Die Mutter hatte die Stimme einer Frau, die sich ihrer Autorität bewusst ist, auch einen irgendwie karibischen Akzent, aber dann wurde die Stimme zittrig, die Antworten kamen zögerlich, die Augen fest auf ihren Sohn gerichtet. Eine Krankenschwester mit einem Klemmbrett fragte die Mutter nach der Adresse, ob sie zufällig einen Ausweis ihres Sohnes habe, am besten eine Versicherungskarte, und der Ton der Mutter wurde auf einmal scharf, sie sprach überdeutlich.

»Er ist Staatsbürger.«

Die Schwester schloss die Infusion an, überprüfte die Vitalfunktionen. Ein Arzt kam mit dem Ergebnis der Röntgenaufnahmen und versuchte die Mutter zu beruhigen. Ihr Sohn habe eine Gehirnerschütterung, aber kein schweres Schädelhirntrauma. Ein Schlüsselbein sei gebrochen, an Rücken und Hals jedenfalls keine Verletzung erkennbar, er würde wieder auf die Beine kommen.

»Eins noch«, sagte der Arzt. »Wieso um alles in der Welt wart ihr Jungs nachts auf dem Dach eures Hauses?«

»Wir wollten was sehen«, sagte der jüngere Bruder leise.

Hinter dem hellblauen Vorhang höre ich jetzt, wie die Mutter diskret in ihr Telefon spricht. »Ja, es geht ihm gut. Ja, er hat großes Glück gehabt.« Und das stimmt, für diese Familie zumindest. Garantiert wird es Ärger geben, eine

Strafe, aber keine Beerdigung. Keine »anhaltende Trauerstörung«, ein gewöhnlicher Unfall ohne größere Bedeutung. Nur zwei Jungs, die hofften, etwas zu sehen.

Am Morgen von Francis' Beerdigung brauchten Mutter und ich eine Ewigkeit, bis wir angezogen waren. Ich knöpfte mein Hemd falsch und sah bestimmt eine Minute hilflos auf den Fehler. Mutter bügelte ihr schwarzes Kleid so langsam, dass der Stoff schon verbrannt roch. Sie machte sich die Haare vor dem Badezimmerspiegel zurecht und fing mindestens dreimal wieder von vorn an, und dass sie ihr Chantilly schon aufgetragen hatte, musste sie vergessen haben, offenbar hatte sie mehrmals nachgelegt, denn auf dem Weg zur Trauerhalle hing der Duft des Parfüms wie eine Wolke in dem Taxi. Mutter drehte sich zu mir und fragte im Flüsterton, ob ich daran gedacht hätte, das Licht auszuschalten. Ich sagte Ja und versuchte in ihrem Gesicht zu lesen, während sie sich ein angefeuchtetes Taschentuch an die Schläfe hielt.

»Hast du saubere Socken an?«, fragte sie.

Mrs Henry war in der Halle, sie trug einen dunkelvioletten Hut, ohne Zweifel hatte sie den eigens für solche Anlässe im Schrank. Natürlich war auch Dru da, ebenso der Professa, Gene, Raj, Kev, sogar der kleine Trance. Am

Tag zuvor waren sie alle zusammen bei uns an der Tür gewesen, und als ich aufmachte, wurde es peinlich still, bis Dru sich räusperte. »Wir möchten euch unser Beileid aussprechen«, sagte er. Ich konnte nicht mal Danke sagen, ich nickte nur und schloss die Tür. Und jetzt saßen sie dort, in ihren geliehenen Anzügen, die entweder zu klein oder zu groß waren, und nickten mir ihrerseits zu. Ganz ruhig und steif saßen sie, überhaupt nicht wie die Jungs, die ich kannte. Jelly war nicht unter ihnen. Nach dem Schuss auf Francis hatte er geschrien und um sich geschlagen und nicht mehr aufgehört, man hatte ihn wegen Widerstands gegen Vollstreckungsbeamte eingesperrt, eine Kaution war noch nicht hinterlegt.

Und Aisha war da, mit ihrem Vater. Auch sie hatte mich am Tag zuvor besuchen wollen. Als ich die Tür aufmachte und sie vor mir sah, schaute ich zu Boden. Sie wollte mich umarmen, aber ich zuckte so heftig zurück, dass wir beide erschraken. Ich sagte ihr, dass das nicht der rechte Moment sei, schloss die Tür und machte auch beim zweiten und dritten Klopfen nicht mehr auf. Jetzt spürte ich ihren Blick auf mir, und ich war froh, in diesem Raum woandershin schauen zu können. Auf einem Platz im hinteren Teil, abseits der anderen, sah ich einen Mann in einem gut sitzenden beigefarbenen Anzug. Er hätte einer von diesen Menschen im Park sein können, die die seltsame Angewohnheit besaßen, auf Beerdigungen zu gehen. Aber da war etwas an ihm, der Mann kam mir irgendwie bekannt vor, nur konnte ich ihn nicht einordnen. Ich wollte nicht zu ihm hinstarren, besah mir aber dennoch seine Ohrläppchen, und auf einmal hätte ich sie, wie zum Beweis, am liebsten angefasst. Er bemerkte meinen Blick und nickte.

Es war eine schlichte Feier der Pfingstgemeinde, Mrs Henry hatte sie arrangiert, und der Pastor fand nachdenkliche, Mutter und mir gegenüber sehr freundliche Worte. Nach einem Lied, das ich noch nie gehört hatte, war der Gottesdienst zu Ende.

Ich weiß noch, wie ich Mutter von ihrem Platz aufhalf, damit sie ein paar Papiere unterschrieb. Und wie sie sich alle Zeit der Welt für die Schrift nahm und ich fasziniert sah, mit welch unglaublicher, unendlicher Sorgfalt sie schrieb, die eleganten Schleifen am Anfang ihres Namens, am Anfang des Monatsnamens, die Buchstaben in vollkommen gleichmäßiger Neigung, ein Strich am t, ein Punkt auf dem i.

Als ich wieder hinüberschaute, war der Mann im beigefarbenen Anzug verschwunden.

Als Francis und ich noch klein waren, konnte eine Winzigkeit wie ein Essensfleck auf dem Hemd oder ein Rest Zahnpasta am Mund unsere Mutter in Rage bringen. »Ihr hört nicht zu!«, brüllte sie dann. »Ihr hört einfach nicht auf das, was ich sage. Dickschädel seid ihr! Viel zu dicke Dickschädel.« Sollten wir uns jemals wehtun, versprach sie, uns »den Hintern zu gerben«. Sie schwor, uns das Leben wieder in den Leib zu prügeln, sollten wir uns jemals aus purer Dummheit schneiden und uns die Schande antun und verbluten. Daher hoffte ich, dass sie jetzt, nach Francis' Tod und in der unheimlichen Ruhe und Gefasstheit, die nun über sie kam, ihre Wut von früher wiederfand, auch wenn sie sich gegen mich richtete. Eine Wut, die Francis zwar nicht wieder lebendig machen konnte, aber vielleicht ja sie.

Die Wut stellte sich nicht ein. Auf der Rückfahrt von der Beerdigung saß Mutter genauso still und reglos im Taxi wie auf der Hinfahrt. Als wir nach Hause ins Waldorf kamen, öffnete sie den Briefkasten, nahm eine Rechnung heraus und legte sie in der Küche mitten auf den Tisch, so wie immer, damit sie nicht vergaß, sie zu bezahlen. Draußen hatte es sich etwas abgekühlt, aber drinnen war es immer noch heiß. Sie wollte sich hinlegen und ging in ihr Zimmer, ich sah ein paarmal nach ihr und legte ihr ein feuchtes Tuch auf die Stirn. Ihre Augen waren jedes Mal offen, aber sie sagte kein Wort.

Erst am Abend stand sie auf, und nachdem sie auf mein Drängen zumindest ein paar Cracker gegessen hatte, fing sie an aufzuräumen. Sie griff zu einem Besen, fegte die Küche, nahm sich den schwer zugänglichen Spalt zwischen Kühlschrank und Wand vor. Sie holte Spinnweben und Haare hervor, Grußkarten, hart gewordene Stücke Orangenschale, die leeren Hüllen von Insekten. Sie spülte das wenige Geschirr, das noch im Becken stand, nahm ein bereits sauberes Backblech aus der Schublade unter dem Herd und scheuerte es mit Stahlwolle.

»Bin gleich wieder da«, sagte ich und ließ sie mit ihren Schrubbgeräuschen allein.

Es begann schon zu dämmern, und bald gingen die Straßenlaternen an. Ich lief zu dem Spielplatz, wo ich mal mit Aisha gewesen war, eine Nachtszene jetzt, Lichter und Schatten. Ich ging mindestens fünfmal in weitem Bogen um den Park, dann an der Lawrence Avenue über die Brücke. Ich war verwirrt, benommen, den ganzen Tag hatte ich nichts gegessen, und als ich hinunterschaute in die dunklen Tiefen dieses großen Gletschertals, war mir, als würde ich gleich hineinfallen. Ein Sattelschlepper rauschte vorbei, zog und schubste mich in seinem Sog wie ein federleichtes lebloses Etwas. Ich griff nach dem Rand der Brücke, auf der Suche nach dem Gleichgewicht, und fand wieder Halt im Leben.

Ein Vogel, eine Taube vielleicht, machte Trappelgeräusche an der Unterseite der Brücke, versuchte, sich irgendwo niederzulassen. Der Vogel rutschte ab, und nachdem er noch ein paarmal mit den Flügeln gegen den Beton geschlagen war, gab er auf. Er kam flatternd auf Straßenniveau und flog weiter, an den mittleren Etagen eines Hochhauses vorbei und in Richtung meines Zuhauses.

Seit Francis' Tod hatte ich Mutter nicht mehr so lange allein gelassen, ich machte mir schon Sorgen und ging schneller, und dann sah ich, dass sich vor unserem Haus eine kleine Gruppe von Nachbarn versammelt hatte. Als ich bei ihnen war, blieb ich stehen und wartete auf eine Erklärung, aber es kam keine. Etwas Beklemmendes lag in der Luft.

»Mrs Henry …?«, setzte ich an.

»Deine Mutter«, sagte sie.

Und dann hörte ich es. Ein lautes Poltern hinter der Tür. Ein Knarren und dumpfes Schaben, im Wohnzimmer wurde etwas verrutscht. Ein Splittern, Sachen flogen auf den Boden, scharfe kleine Geräuschkugeln.

Noch ein Rums. Das Scheppern von etwas Metallischem.

Ich drückte die Tür langsam auf, die Sicherheitskette baumelte lose herunter. Drinnen war es heiß, stickig, aus dem offenen Kühlschrank schlug mir das Licht entgegen, ich konnte zunächst nicht viel erkennen, aber dann war klar, dass Mutter alle Möbel umgestellt hatte. Das Sofa und die Stühle waren an die Wand geschoben, der Teppich lehnte, irgendwie zusammengerollt, hochkant in einer Ecke. Der Küchentisch stand ebenfalls woanders, die Küchenstühle lagen auf der Seite.

Sie kniete neben dem Sofa, das Gesicht von mir abgewandt, und schlug mit einem Hammer auf irgendwas ein. Ich rief ihren Namen. Ihre Augen, im Dunkeln weit aufgerissen, richteten sich auf mich. Diese Augen, riesengroß. Alle Schubladen und Schränke im Küchenbereich waren gähnend leer, und das wenige, was wir in Dosen und Schachteln dort aufbewahrten, stapelte sich auf dem Linoleum zwischen dem Kehricht, den Glasscherben, dem zerbrochenen Geschirr, mehreren Paar guten Schuhen.

»Ein Saustall ist das«, erklärte sie.

»Mutter, bitte«, flüsterte ich.

»Wer verlässt seine Wohnung schon in so einem Zustand?«

Von da an wurde Mutter zu jemandem, um den ich mich kümmern konnte. Ich hatte die Verantwortung, jeden Tag auf sie aufzupassen, dafür zu sorgen, dass sie aß und möglichst auch schlief. Sie wurde zu einer bequemen Ausrede, wenn Leute uns besuchten oder ihr Beileid aussprechen wollten, und falls die Jungs vom Desirea's sich noch einmal blicken ließen, um mit mir zu reden, konnte ich verärgert sagen, dass sie uns störten. Aber sie kamen nicht wieder.

Selbst als die Polizei mich zum Tod meines Bruders befragte, schien mir das eine bloße Ablenkung zu sein, ein Gespräch, das zu spät kam, irgendwie an der Sache vorbei. Mutter musste mitkommen, weil ich noch nicht ganz achtzehn war, und wir saßen beide wie betäubt da und nickten auf die Fragen der zuständigen Beamten. Konnte ich mit Bestimmtheit sagen, welche Worte an jenem Tag in dem Barbershop gefallen waren? Konnte ich mich an die genaue Ausdrucksweise der Beteiligten erinnern? Konnte ich meinerseits bestätigen, was andere bereits geschildert hatten, nämlich welche Handlungen zum Gebrauch der Schusswaffe führten? Ich nickte, nicht immer war ich imstande zuzuhören. Ich schaute die ganze Zeit zu meiner Mutter, zum ersten Mal seit der Beerdigung war sie vor die Tür gegangen. Sie starrte auf den Tee, den man ihr angeboten hatte und der jetzt in ihren Händen kalt wurde, weigerte sich, irgendwem in die Augen zu sehen oder etwas von dem, was in diesem Raum besprochen oder gesagt wurde, an sich heranzulassen.

Was dort sonst noch geschah? Ich erinnere mich an das Brummen der Neonröhren und wie die Klimaanlage ansprang und uns in ihren eisigen Hauch hüllte. Erinnere mich sehr viel deutlicher an das Schweigen in diesem Raum als an das Gespräch. Aber auch an die Fragen. Würden Sie der Aussage zustimmen, dass Francis schon so einen gewissen Ruf hatte? Dass er sich manchmal von seinen Stimmungen hinreißen ließ? Würden Sie auch sagen, Michael, dass Ihr Bruder zu Gewalt neigte?

• • •

Dann war da natürlich Aisha. Sie kam noch einmal zu uns, ich wollte die Tür gleich wieder schließen, aber sie ging mit dem Fuß dazwischen und schob sich hinein. Sie stellte Essen auf die Küchentheke, zwei Tüten voll, es roch aromatisch und pfeffrig, das Papier war von den Fettflecken fast transparent. Garantiert Roti. Ich erklärte ihr, dass Mutter schlief, dass wir nicht sprechen könnten, dass mir von dem Geruch des Essens übel würde. Sie nickte.

»Bibliothek«, sagte sie.

Wir machten uns auf den Weg, schwiegen, und als wir in das Gebäude traten, spürte ich, wie sich alle Augen auf uns richteten. Ich sah bestimmt scheiße aus, seit Tagen hatte ich nicht geduscht, aber Aisha schienen die Blicke nicht zu kümmern. Sie ging mit mir zu unserem üblichen Platz und fragte, wie es Mutter gehe. Fragte, wie es mir gehe. Ich nickte, und sie wartete einen Moment, ehe sie einen weiteren Anlauf unternahm. Sie sagte, sie habe versucht, sich mit den Jungs vom Desirea's in Verbindung zu setzen. Habe versucht herauszufinden, was passiert war. Was *wirklich* passiert war. Die meisten hatten sich aus dem Staub gemacht, und die wenigen, die geblieben waren, wollten oder konnten nichts sagen. Jelly hatte man freigelassen, aber dann war er irgendwo in der Stadt verschwunden.

»Das kann nicht das Ende sein«, sagte sie. »Es gibt noch Sachen, über die wir reden müssen.«

Ich wandte den Blick ab. Um uns herum saßen Menschen und lasen, ein Mädchen schaute auf einen Computerbildschirm, ihr Gesicht war vom Licht blau getönt.

Francis hatte mich immer beschützt. Das war sein Instinkt. Er sah die Verletzlichkeit, verstand sie nur zu gut. Aber in dieser letzten Minute im Desirea's hatte er jemand anderen beschützen wollen. Als einer der Polizisten, die Hand an der Pistole im Holster, Jelly packte und wegziehen wollte, war Francis in Panik geraten. »Fassen Sie ihn nicht an!«, hatte er gesagt und seine Hand nach der Waffe ausgestreckt, damit sie blieb, wo sie war. Es war eine Geste mit Vorgeschichte, für die Männer um ihn herum, die in diesem Moment die Macht innehatten, aber nicht zu lesen. Die Behörden hatten ermittelt, Zeugen befragt, Schlüsse gezogen.

»Rechtmäßiger Schusswaffengebrauch, so hieß es am Ende«, sagte ich zu Aisha. Wir wandten beide den Blick ab, was konnten wir auch anderes tun.

Es gibt viele Wege, auf denen man die Flucht ergreifen kann. Aisha ging auf die Universität. Und die Freunde meines Bruders flohen alle auf ihre eigene Weise. Aber ganz und gar entkommt niemand. Man läuft immer Gefahr, entdeckt zu werden, und sei es für eine Sekunde. Ein paar Jahre nach dem tödlichen Schuss, ich stand gerade in einem kleinen Laden vor dem Kühlschrank und griff nach einem Saft, streckte neben mir ein junger Mann ebenfalls seine Hand aus. Unsere Blicke trafen sich, und er nickte, es war ein Nicken, das nicht nur sagt, entschuldige bitte, sondern auch, ich habe dich gesehen, habe dich erkannt. Erst nachdem er gegangen war, wurde mir bewusst, dass das Kev gewesen war. Ein oder zwei Jahre später schaute jemand im Bus von der Zeitung zu mir auf, im Gesicht dieser verlegene Blick der Erinnerung. Es war Gene. Jahre nachdem das Desirea's wieder aufgemacht hatte, nun als zweites Happy Chicken in der Gegend, kam ich gerade mit einem Medikament für Mutter aus der Apotheke, ein Mann hielt mir die Tür auf. Zuerst tat er so, als würde er mich nicht sehen oder kennen, aber kaum trat ich hindurch, schluckte er und sagte: »Hey, Michael. Alles okay?« Er trug eins dieser Jacketts, wie die Angestellten im Einzelhandel sie tragen, und auf dem Namensschild stand nicht »Raj« oder »Rajinder«, sondern »Hallo, ich bin Roddy«.

Letzten Sommer klopfte Dru an die Tür. Er war zu Besuch bei seiner Schwester, die noch im Park wohnte, und neben ihm stand ein kleiner Junge, sein Sohn, vielleicht fünf Jahre alt und mit den unglaublichsten Glubschaugen, aber er konnte schon posen, und ich musste lachen, als er mir mit einer Kinnbewegung ein rasches Hallo zuwarf. Wir gingen zusammen ins nahe gelegene Tim Hortons, tranken einen dieser matschigen Eiskaffees, die Plastikbecher beperlt mit kalten Tropfen. Ich bestellte einen Donut für seinen Sohn und sah fasziniert zu, wie der Kleine den ganzen Zuckerguss ablöste, um ihn zuerst zu essen. Wir scherzten ein bisschen über das Desirea's, aber als ich Dru fragte, ob er jemals daran gedacht habe, noch mal einen Shop aufzumachen, schüttelte er den Kopf. »Der hier hält mich schon genug auf Trab«, sagte er und deutete auf seinen Jungen. Er fragte mich vorsichtig nach meiner Mutter, und als ich sagte: »Es geht ihr besser«, bemühte er sich redlich, mein Lächeln zu erwidern. Nachdem wir unseren Kaffee getrunken hatten, sagte Dru, er müsse zurück zu seiner Schwester, sich um den Kleinen kümmern, na ja, und andere Verpflichtungen, du weißt schon.

»Verstehe«, sagte ich.

»Pass auf dich auf, Michael, ja?«

Das würde ich, sagte ich. Ich hatte meine eigenen Verpflichtungen. Hatte meine Mutter, hatte meinen Job. Hatte in meiner freien Zeit die Bibliothek. Ich lebte noch, so wie andere auch. Ist doch was.

• • •

Nicht lange vor Aishas Rückkehr, ich saß gerade in der Bibliothek, hörte ich einen Mann sagen: »Würde es Ihnen etwas ausmachen?« Neben mir war ein Stuhl frei, und ich rückte zur Seite, ohne von meinem Buch aufzuschauen. Der Mann brauchte lange, bis er sich gesetzt hatte, und ich drehte mich zu ihm. Genau wie andere Nachbarn hatte Aishas Vater nach Francis' Tod versucht, uns sein Beileid auszusprechen, dann aber meinen offenkundigen Wunsch nach Abstand respektiert, und wir hatten nie wieder miteinander gesprochen. Doch so, wie ich ihn jetzt vor mir sah, schien er plötzlich gealtert zu sein, seine Haut war faltig, das Haar stellenweise ausgefallen. Ich hatte schon gehört, dass es ihm nicht gut ging, aber das hatte ich nicht erwartet. Wir taten beide, als würden wir lesen, aber immer wieder begegneten sich unsere Blicke. Schließlich klappte Samuel sein Buch zu.

Er erzählte mir, dass er schon lange mit mir hatte sprechen wollen, es tue ihm leid, dass es sich nicht früher ergeben habe, bald ziehe er fort, womöglich sei dann keine Gelegenheit mehr. Er wollte mich nur wissen lassen, dass er und Francis in den Monaten vor seinem Tod, vielleicht auch ein Jahr lang oder länger, gemeinsam Musik gehört hatten. Angefangen hatte es, als er einmal auf dem Weg von der Arbeit an Francis vorbeikam und eine alte Melodie vor sich hin summte, worauf Francis ebenso leise den Titel des Lieds nannte. *Ne me quitte pas*, irgendwoher hatte dieser Jugendliche aus dem Park ihn tatsächlich gekannt. Für einen Moment war es still, und Samuel war von sich selbst überrascht, als er Francis einlud, seine Platten anzuhören, und überraschter noch, als Francis ein paar Tage später tatsächlich erschien.

»Wir haben dann einige Nachmittage zusammen verbracht und nur alte Musik gehört, kaum miteinander geredet. Nina Simones Version von *Ne me quitte pas* haben wir bestimmt ein Dutzend Mal gespielt. Ihre zarte, traurige Stimme. Dein Bruder hat immer gelacht, wenn ich versucht habe, das Lied zu singen. Das war wie ein Scherz zwischen uns. Unser Geheimnis wohl auch. Ich denke, nicht mal Aisha wusste davon. Wie hätten wir es anderen erklären sollen? Ein Mann wie ich, ein Junge wie Francis. Wer wäre schon darauf gekommen, dass es da eine Verbindung gab?«

Ich konnte mir Francis gut vorstellen, wie er mit einem

Vater, wenn auch nicht *seinem* Vater, zusammensaß und Nina Simone hörte, Otis Redding vielleicht und Sam Cooke. Konnte mir vorstellen, wie er bei einem späteren Besuch, wenn die Stimmung und die Klänge danach waren, diesem Vater, der nicht sein Vater war, etwas erzählte. Wie er ihm erklärte, dass er, mein Bruder, die alte Musik verstand, dieses Vermächtnis der Liebe, weil er sie tief in sich spürte. Er liebte seine Familie, seine Freunde. Liebte einen jungen Mann namens Jelly.

Meinem Gesicht war die Verlegenheit wohl anzusehen. Dass ich mir dieses Bild vorzustellen erlaubte. Mehr Fantasie als Erinnerung. Vielleicht hatte Samuel es in meiner Miene ja tatsächlich gelesen, und vielleicht war auch ihm peinlich, was immer er mir hatte sagen wollen, denn er stand auf, ein wenig schwankend, und ging.

• • •

»Er ist vor zwei Wochen gestorben«, sagte Aisha am Telefon, an dem Tag vor ihrer Rückkehr. »Er hat in einem Pflegeheim in Milton gewohnt, das wusste ich gar nicht. Er hat nie davon gesprochen. Hat mir nie ein Wort gesagt.«

In der Leitung wurde es still. Obwohl, nicht ganz. Jemand atmete.

»Bitte komm«, sagte ich. »Komm nach Hause, in den Park.«

Es ist jetzt Morgen, und in einem Trakt der Unfallstation teilt mir der Arzt die offizielle Diagnose mit, unter vier

Augen und in einiger Entfernung von Mutter. Der vorläufige Befund hat sich bestätigt. Abgesehen von der Rippenprellung und der Haarrissfraktur fehlt ihr nichts. Aber der Blutalkoholspiegel sei hoch gewesen, fährt er fort, das könnte, als sie die Straße überqueren wollte, zu ihrer Verwirrtheit beigetragen haben. Eine einfache Fehleinschätzung vermutlich, womit die Frage nach ihrem psychischen Zustand noch nicht beantwortet sei. Sie brauche Menschen, die sie unterstützten. Hat sie Medikamente genommen? Haben Sie einen Hausarzt? Bei der letzten Frage nicke ich, lüge.

Dann geht er, und ich schließe die Augen. In Büchern über anhaltende Trauerstörung finden sich manchmal deutliche Worte. Über manchen Tod, heißt es, lässt sich »niemals ganz hinwegkommen«. Manche Trauernde werden nie wieder ganz »sie selbst« sein. Eine gute halbe Stunde bleibe ich allein, laufe über den Krankenhausflur, auf und ab, bis ich merke, dass es einigen Besuchern unangenehm ist. Ich gehe zurück zu Mutter, sie sitzt jetzt auf ihrer Trage, versucht, in ihrem Patientenhemd einen so adretten Eindruck wie möglich zu machen. Als sie meine Miene sieht, streicht sie ihr Haar glatt, richtet sich auf, die Papierunterlage macht leise Knittergeräusche.

»Ein neuer Tag«, sagt sie mit fester Stimme.

Ich gebe ihr Gelegenheit, sich anzuziehen, respektiere ihre Privatsphäre, helfe ihr nur zum Schluss beim Zuknöpfen der Bluse. Dann leihe ich einen Rollstuhl aus, Mutter setzt sich nur widerwillig hinein, und wir fahren vorsichtig durch die Unfallstation zum Haupteingang, dort können wir einen Bus nehmen. Die Nachtschicht ist zu Ende, die Frühschicht beginnt, Reinigungskräfte, Pflegepersonal, Wachleute ziehen an uns vorbei. Wir kommen zu einem Fenster, dem ersten seit Stunden, und Mutter hat recht, es ist ein neuer Tag. Draußen ist es hell.

Ich bin überrascht, sie in der Vorhalle zu sehen. Dann aber auch irgendwie nicht überrascht. Sie sind genau diese Sorte, die ignoriert, wenn man ihnen sagt, sie sollen verschwinden. Sie sind genau, was meine Mutter *dicke Dickschädel* nennen würde.

Aisha steht auf, als sie uns sieht, gibt Jelly einen Klaps, und der erhebt sich ebenfalls, in der Hand hält er einen minikleinen Blumenstrauß. Die Blumen sind blau und schön und wild.

»Gehn wir bald mal hin?« fragt Aisha. »Am Wochenende soll es warm werden.«

Wir sind jetzt alle zu Hause, alle vier, und das Zimmer ist erfüllt vom Essensduft, Fisch, gedünstet in Knoblauch und Zwiebeln. Mrs Henry hat Obst und Hardo-Brot vorbeigebracht, und Jelly hat wieder in der Küche improvisiert. Ich nehme noch etwas von der Bittermelone, einfach köstlich, und gebratenen Reis, jedes Korn auf wundersame Weise wie für sich allein. Wir haben gemeinsam gegessen, vom Plattenspieler ertönt leise Musik, und wir sind hier, in diesem Moment, zusammen.

»Was meint ihr?«, lässt Aisha nicht locker. »Der Weg runter sollte so weit frei sein, dass wir bis an den Bach kommen. Wir gehen auch langsam, Ruth. Vielleicht können wir uns einen Rollstuhl leihen. Jelly? Bist du dabei?«

Jelly steht am Plattenspieler und nickt, geht Mutters

alte Alben durch, wählt eine Platte aus und schaut nach, ob sie Kratzer hat. Er setzt die Nadel auf, und als die tiefe Stimme einer Frau die Stille durchbricht, runzelt Mutter die Stirn, als würde es ihr wehtun. Jelly fummelt an den Knöpfen, will die Musik leiser drehen, aber Mutter schüttelt den Kopf. Ihre Hände gehen hoch.

»Lauter«, sagt sie.

Danksagung

> Sieh, ob du Müh und Arbeit teilen willst!
> Sophokles, *Antigone*

> Ich erinnere mich nicht an jenen zarten Morgen,
> wie könnte ich?
> Dionne Brand, *Thirsty*

An diesem kurzen Buch habe ich lange geschrieben. Dabei waren mir Martha Kanya-Forstner mit ihrem verlegerischen Sinn und Jackie Kaiser mit ihrer Professionalität eine enorme Hilfe. Herzlich danken möchte ich auch Jared Bland, Lara Hinchberger, Terri Nimmo und Shaun Oakey. Ganz besonders dankbar bin ich der verstorbenen Ellen Seligman, für ihr Vertrauen, ihre Inspiration.

Mein Dank gilt allen meinen Freunden. Vor allem aber, für ihr unerlässliches Feedback zu diesem Buch, Phanuel Antwi, Darcy Ballantyne, Wayde Compton, Kyo Maclear, Leslie Sanders, Madeleine Thien, Ian Williams und Lise Winer; und für ihren Rat zu einzelnen Fragen Michael Bucknor, Colette Colligan, Brady Cranfield, Janet Fitzsimmons, Kelly Josephs, Christine Kim, Michelle Levy, Stephen Murray und Deanna Reder.

Die Vancouver Public Library hat mir einen Platz zum Schreiben zur Verfügung gestellt. Ein Stipendium des Canada Council for the Arts ermöglichte mir eine wertvolle Pause vom Unterrichten. Das Banff Centre und das Literarische Colloquium Berlin boten mir die Gelegenheit für einen kurzen Aufenthalt. Ich fühle mich geehrt durch das Interesse und die guten Wünsche meiner Studierenden und des Kollegiums an der Simon Fraser University.

Ich erkenne an, dass ich auf indigenem Land lebe. Einem Land mit vielen Geschichten, die noch gehört werden wollen.

Wenn ich heute hier schreiben kann, dann dank der Wege und der Mühen, die meine Eltern Rawlins und Claudette auf sich genommen haben, ihrer Liebe. Meiner Großfamilie bin ich dankbar für ihre Güte und ihre Gastfreundschaft. Eine Unterstützung sind mir mein Bruder Mark mit seiner Klugheit und meine Kinder Maya und Skye mit ihrer Kreativität.

Für ihre Begleitung in schwerem Wetter danke ich Dionne Brand, Abdi Ousman, Christina Sharpe und Rinaldo Walcott. Einen besonderen Dank auch diesmal an Leslie Sanders. Von ganzem Herzen danke ich Sophie McCall, meiner Partnerin und ersten Leserin.

Austin Clarke hat an mich geglaubt. Danke, Austin. Ruhe in Frieden.